CALENDAR GIRL

Novembre

Audrey Carlan vit en Californie avec ses deux fils et l'amour de sa vie. Quand elle n'est pas en train d'écrire, elle fait du yoga, boit des verres avec ses amies de cœur ou est plongée dans un livre.

Paru au Livre de Poche :

CALENDAR GIRL
1. Janvier
2. Février
3. Mars
4. Avril
5. Mai
6. Juin
7. Juillet
8. Août
9. Septembre
10. Octobre

AUDREY CARLAN

Calendar Girl

Novembre

ROMAN TRADUIT DE L'ANGLAIS (ÉTATS-UNIS)
PAR ROBYN STELLA BLIGH

HUGO ET COMPAGNIE

Titre original :

CALENDAR GIRL – NOVEMBER

Ce livre est une fiction. Toute référence à des événements historiques, des personnages ou des lieux réels serait utilisée de façon fictive. Les autres noms, personnages, lieux et événements sont issus de l'imagination de l'auteur, et toute ressemblance avec des personnages vivants ou ayant existé serait totalement fortuite.

ISBN : 978-2-253-07040-5 – 1re publication LGF

Chapitre premier

Tête levée vers le ciel, je regarde, fascinée, les flocons tomber. Chacun est unique et fragile. Je sors la langue pour en attraper un dans ma bouche où il fond immédiatement. Je suis hypnotisée, envoûtée. Je cligne plusieurs fois des yeux, puis je souffle, propulsant un nuage blanc devant moi. J'ouvre grand les bras et tourne sur moi-même, laissant la neige recouvrir mon visage et les paumes de mes mains.

— Quand tu auras fini de t'amuser, on pourra rentrer à l'hôtel ? s'écrie Wes en riant. Je me les gèle !

Il vient derrière moi et enfouit son nez glacé dans mon cou chaud.

— C'est tellement cool ! À Las Vegas, je n'ai vu de la neige qu'une ou deux fois et il n'y en a jamais à Los Angeles.

Il me serre contre lui et m'embrasse dans la nuque.

— Mes couilles sont gelées et ma queue ressemble à une stalactite prête à se décrocher, mais sinon… oui, c'est cool.

Je glousse en me tournant vers lui :

— Pourtant, tu sais combien j'aime la glace. Merci d'être venu avec moi, Wes. Sincèrement, je n'étais pas encore prête à m'éloigner de toi.

Il dégaine ce sourire qui me donne envie de lui sauter dessus. Mon Dieu, ce type est canon, même lorsqu'il est emmitouflé dans un énorme blouson de ski et qu'il porte un bonnet en laine.

— Il faudrait être fou pour refuser de passer deux semaines à New York avec une femme magnifique.

Il approche son visage du mien, frotte son nez contre le mien et m'embrasse sur la bouche.

Bon sang, quel beau parleur ! Quand l'émission m'a annoncé que je devais aller à New York pendant quinze jours pour filmer et interviewer des célébrités pour la « Spécial Thanksgiving », ça ne l'a pas du tout intéressé. Il m'a même dit qu'il évitait toujours la côte Est en hiver. J'imagine que l'océan Atlantique n'est pas assez chaud ou que les vagues ne sont pas satisfaisantes pour un surfeur comme lui.

Je m'étais donc faite à l'idée que j'allais passer deux semaines sans Wes, alors qu'être séparée de lui si tôt après son retour me donnait la nausée. Toutefois, je n'ai pas voulu en faire toute une affaire et je n'ai rien dit. Il va chaque jour un peu mieux et sa thérapie se passe bien, je ne voulais surtout pas qu'il pense que je ne le crois pas capable de rester seul pendant deux semaines.

Cependant, lorsque j'ai décidé d'interviewer Mason Murphy, mon ami qui est le lanceur star des Red Sox, et Anton Santiago, le Latin Lover, Wes a soudain changé d'avis. Un soir de la semaine dernière, il m'a avoué qu'il avait longuement discuté des hommes présents dans ma vie avec sa psy, Anita Shofner. Il sait que je parle régulièrement à Mason, Taï, Anton, Alec, Hector et Maxwell. Bien sûr, ça ne le dérange pas que je parle aux deux derniers, car Max est mon frère et Hector est gay. Néanmoins, il m'a avoué qu'il était un peu jaloux des autres hommes. Il a rencontré Anton à Miami et comprend qu'il m'a aidée à traverser une période difficile, mais il connaît sa réputation d'homme à femmes et ne lui fait pas confiance. Même Mason, qui est pourtant complètement amoureux de Rachel, sa chargée de relations presse, le dérange.

Bien évidemment, je me suis gardée de râler, ce qui n'aurait fait qu'attiser sa jalousie et l'aurait décidé à m'accompagner deux semaines à New York. Je sais que c'est mal, mais quand il m'a demandé ce que j'allais faire avec mes amis après les avoir interviewés, j'ai haussé les épaules en répondant que je ferais ce qu'ils voudraient. Cinq minutes plus tard, Wes faisait sa valise.

*

— Quand est-ce qu'on retrouve tes amis ? demande Wes d'une voix légèrement irritée.

Je ne comprends pas qu'il réagisse ainsi à l'idée de revoir Anton et de rencontrer Mason. Mon homme a toujours été bien dans sa peau.

Or, après le cauchemar qu'il a vécu en Indonésie, il n'est toujours pas redevenu le surfeur décontracté qu'il était quand je l'ai rencontré. Sa psy m'a assuré qu'il lui faudrait du temps et que je devais continuer de lui donner autre chose sur quoi se concentrer, c'est-à-dire nous.

— Ce soir, Anton nous invite à dîner chez lui. Mace et Rachel n'arriveront que dans quelques jours.

Ce que je n'ai pas dit à Wes, c'est qu'Anton avait proposé de nous héberger dans son penthouse de Manhattan, mais je savais que Wes ne serait pas emballé. Il a apprécié Anton quand on était à Miami, mais à l'époque, nous admettions tout juste les sentiments que nous éprouvions l'un pour l'autre. Nous étions trop préoccupés par nous pour nous soucier des autres.

Nous prenons notre temps pour défaire nos valises, puis nous nous douchons et nous faisons l'amour. Je sens la tension le quitter quand il se déverse en moi, des mots doux sur les lèvres.

Je reste allongée sur lui, haletante. Nous sommes nus et je suis étendue sur lui après une délicieuse partie de jambes en l'air. Je l'ai chevauché de toutes mes forces et je ne serais pas surprise d'en avoir pour preuve la trace de ses doigts sur mes hanches. Je le sens prendre ma main et la porter à sa bouche pour embrasser chacun de mes doigts. Puis, ce coquin glisse lentement quelque chose sur mon annulaire.

— Quand est-ce qu'on se marie ? demande-t-il soudain.

Je cligne des yeux et repousse mes cheveux de mon visage. Je pose mes mains sur son cœur, l'une sur l'autre, pour le sentir battre.

— Est-ce que c'est une demande ?

Il m'étudie d'un air sérieux puis il désigne ma main d'un mouvement de tête. Je baisse les yeux et découvre un anneau de diamants encerclant mon doigt.

— On en a déjà parlé, Mia. Je ne te le demanderai jamais puisque tu n'as pas la possibilité de dire non, déclare-t-il d'une voix ferme.

Je me redresse, assise sur lui, et je concentre toute mon attention sur la plus belle bague que j'aie vue de toute ma vie. Elle n'est pas bling-bling, comme beaucoup de bagues de fiançailles, mais elle est brillante tout en étant simple. Un nombre époustouflant de diamants scintillants ornent un anneau fin en or blanc. Elle ne me gênera pas, et je peux même conduire Suzi sans me soucier de l'accrocher à mes gants. Elle est parfaite.

— Alors, tu ne vas vraiment pas me poser la question ? je demande d'une voix émue, les larmes aux yeux.

Wes s'assied dans le lit, passe un bras dans mon dos et pousse sur ses talons pour reculer jusqu'à la tête de lit en m'emportant. Il plonge sa main dans mes cheveux et me regarde droit dans les yeux.

— C'est vraiment nécessaire ?

— Nécessaire ? Non. Mais ce serait agréable, j'admets, alors qu'une larme coule sur ma joue.

Il soupire et frotte son front contre le mien.

— J'espère que je ne vais pas le regretter, chuchote-t-il d'une voix tremblante. Mia, mon amour, ma vie, veux-tu m'épouser ?

Je le regarde dans les yeux, je sens bien qu'il a peur que je dise non. Comme si j'en étais capable.

— Au lieu d'une bague, est-ce que je peux avoir une autre moto de fiançailles ?

Wes cligne des yeux, interloqué, puis il penche la tête en arrière et éclate de rire.

J'embrasse sa poitrine et remonte jusqu'à son cou et son oreille.

— Oui, bébé, je veux t'épouser.

— Je te rendrai heureuse, Mia, dit-il en me serrant plus fort.

J'insiste, d'un ton sérieux et plein d'espoir :

— Alors, tu vas m'acheter une moto ?

Il secoue la tête et m'embrasse sauvagement.

— Quand ? grogne-t-il avant de diriger son attention sur mes seins.

— Euh, l'année prochaine ? je réponds en empoignant ses cheveux pour le plaquer contre ma poitrine.

— Hmm. D'accord, chuchote-t-il en suçant un téton, allons-y pour le premier janvier.

— Oh, oui, je gémis. Attends… quoi ?

*

Je frappe à la porte du penthouse d'Anton, surprise qu'elle ne soit pas déjà ouverte alors que la réception les a prévenus de notre arrivée. Wes est à mes côtés, me serrant fort contre lui. Je suis sur le point de frapper de nouveau lorsqu'elle s'ouvre sur Heather.

— Vous êtes là ! s'exclame-t-elle en sautillant sur place.

Elle porte des bottines à talons, ouvertes sur les orteils, qui la rendent encore plus grande. Ses cheveux blonds, striés de mèches roses, sont dignes d'une rockstar. Elle est vêtue d'une chemise rose fuchsia sur laquelle est écrit *Pink is the new black* en grosses lettres blanches sur la poitrine. La chemise est ample et rentrée dans un jean skinny avec une ceinture cloutée. Elle a le look d'une bad girl ultra-branchée.

Je crois qu'il faut vraiment que je passe plus de temps en compagnie de filles. Cela fait deux semaines que Ginelle me tanne pour aller faire du shopping avec elle, on ira dès que je rentrerai.

Heather m'arrache à Wes pour m'attirer dans ses bras et me balance de gauche à droite avant de me tenir à bout de bras pour m'observer.

— Meuf, je ne t'ai pas acheté des fringues à Miami ? Pourquoi tu ne les mets pas ? dit-elle en grimaçant.

Je pousse un grognement et secoue la tête.

— Je suis à l'aise comme ça !

J'ai mis le t-shirt à manches longues que j'ai acheté au concert de Lorde auquel j'ai emmené Maddy l'an dernier. La voix de cette nana est incroyable et le t-shirt est cool. Je l'ai mis avec mon jean préféré, moulant et déchiré sur les cuisses, et des bottines trop cool que Cyndi m'a offertes. Elles sont en cuir noir avec un motif sur les orteils et un bout plutôt carré. Ce qui me plaît le plus, cependant, c'est la boucle argentée sur la cheville.

Elle en a aussi envoyé une paire à Maddy, je crois que c'est pour qu'on n'oublie pas la famille qui nous attend au Texas.

— Hmm, cela dit, tes pompes sont pas mal, déclare Heather alors que Wes se racle la gorge.

— Oh, pardon. Heather, tu te souviens de mon copain, Wes ?

— Chérie, tu veux dire ton fiancé, non ? ricane-t-il en me faisant un clin d'œil.

Heather ouvre grand les yeux, comme si elle venait d'être électrocutée.

— Tu déconnes ! Vous allez vous marier ? C'est génial !

Elle nous prend tous les deux dans ses bras et manque nous étrangler.

— Oh, Anton va être ravi. Il adore les mariages.

— Ah bon ? Lui qui ne se mariera sans doute jamais ?

— Ouais, mais il s'est fiancé plein de fois !

Nous la suivons à travers le vaste penthouse jusqu'à la cuisine, où Anton se déhanche devant les fourneaux, en rythme sur une musique qu'il est seul à entendre. L'odeur qui embaume la pièce est divine.

— J'ai entendu parler de mariage ? dit-il en se tournant vers nous, une spatule en bois à la main. *Lucita !* Toi ? Dis-moi que ce n'est pas vrai ! s'exclame-t-il en croisant les mains sur son cœur et en se laissant aller contre le plan de travail.

J'éclate de rire, mais je ne peux pas en dire autant de Wes, qui passe un bras autour de mes épaules.

— C'est pourtant vrai. Montre-leur ta bague. On se marie le premier janvier, dit-il d'une voix fière et virile.

— Aussi tôt ? Waouh, tu ne perds pas de temps, dit Anton en écarquillant les yeux.

— On n'a pas choisi de date, je réponds en regardant Wes d'un air confus.

— Il me semble que si, juste avant de venir, tu ne te souviens pas ?

— Tu sais bien que toute décision prise post-coït ne compte pas ! je rétorque en faisant la moue.

Wes sourit jusqu'aux oreilles :

— Trop tard, tu as dit oui. Maintenant, il ne reste plus qu'à décider du lieu.

Il plonge sa main dans mes cheveux pour masser ma nuque et libérer la tension du voyage et de l'annonce de nos fiançailles prochaines. Je ne l'ai même pas dit à Gin ou Maddy, bon sang ! Elles vont péter un câble si la presse l'apprend avant que j'aie eu le temps de les appeler.

— On en parle plus tard, d'accord ?

Je me hausse sur la pointe des pieds pour l'embrasser une fois, puis une deuxième, pour qu'il sache que je ne cherche pas à le faire taire. Il pose une main sur ma joue. Il semble inquiet, mais c'est surtout lié à l'endroit où nous sommes et aux gens avec qui nous allons passer la soirée.

— D'accord, chérie. Plus tard. Demain, répond-il fermement.

— Ça marche. Alors, Anton, quoi de neuf ? Je veux tout savoir ! Ton dernier album est génial, au fait !

— Oui, *Lucita*, l'album est oufissime. Tu as aimé la chanson où je chante avec une nana ?

— Grave ! Et toi Heather, ton rôle de manager te plaît ?

La dernière fois que je les ai vus, elle venait d'avoir sa promotion. Anton ne s'était pas rendu compte qu'il profitait de son assistante. Il a fallu qu'il soit sur le point de perdre sa meilleure amie pour lui proposer plus. Aux dernières nouvelles, tout allait bien.

Toutefois, elle n'a pas le temps de répondre car, comme d'habitude, Anton prend les devants. Ce type a toujours besoin d'être le centre de l'attention. Heureusement, son métier de chanteur lui permet d'être admiré au quotidien.

— H est *asombrosa*[1]… comment dit-on ? Incroyable ! Tu n'imagines même pas les concerts qu'elle déniche et les sponsors qu'elle me trouve. C'est génial. La promouvoir au

1. Dans ce passage, les mots suivis d'un astérisque sont en espagnol dans le texte.

poste de manager est la meilleure décision de ma vie. Je suis content d'y avoir pensé.

— Toi ?

Heather et moi avons réagi en même temps avant d'éclater de rire.

— D'accord, d'accord. Peut-être que ce n'était pas mon idée, mais j'étais d'accord.

Je lève les yeux au ciel et Heather croise les bras.

— Bref, comme tu veux, Anton. Et si tu nous disais ce que tu nous fais à manger ? je demande en faisant le tour du bar.

Je m'arrête à ses côtés et lui donne un coup de bassin, mais il ne bouge pas, concentré sur sa sauce.

— Ah, c'est une recette de *familia**. *Arroz con pollo**.

— Je comprends le mot poulet, mais c'est quoi le reste ?

— En gros, c'est du riz et du poulet.

— Dis donc, tu sors le grand jeu ! je réponds d'un ton moqueur.

Anton me regarde et dégage mes cheveux de mon épaule avant de caresser ma joue avec son pouce.

— Pour toi, *Lucita*, rien n'est trop beau, dit-il d'une voix sérieuse alors que ses yeux révèlent qu'il se moque de moi.

— Je dois comprendre que tu me dragues avec du riz et du poulet ?

— Eh, on ne rigole pas avec ça. Tout le monde aime le riz et le poulet, *si ?*

— *Si*, Anton. Wes, tu veux boire quelque chose ? je demande en me tournant vers lui.

Il est en train de fusiller Anton du regard, et je ne comprends pas pourquoi.

— Wes ? Tu veux boire quelque chose ?

Heather fait le tour du bar et ouvre le frigo.

— Il y a du champagne au frais. Je pensais faire des martinis, mais on a vos fiançailles à fêter. Mon Dieu, tu dois être morte de trouille, non ? demande-t-elle en sortant des flûtes à champagne d'un placard.

Je gonfle mes poumons puis les vide en regardant ma nouvelle bague.

— Eh bien non, au contraire, je suis plus heureuse que je n'espérais l'être dans ma vie, je réponds en regardant Wes.

Soudain, la tension qui l'animait disparaît et ses épaules se détendent visiblement. Il pose un coude sur le bar et appuie sa tête dans la paume de sa main.

Je prends sa main de l'autre côté du bar.

— Quelle femme ne serait pas folle de joie ?

Il m'embrasse sur les phalanges et, immédiatement, des frissons jaillissent dans le creux de mes reins pour remonter le long de ma colonne vertébrale. Il dessine des cercles dans ma paume avec son pouce et les frissons se transforment en bouffées de chaleur qui se précipitent dans mon bas-ventre, faisant pulser mon clitoris. Je dois réprimer un juron lorsqu'il griffe ma paume avec son ongle, ce n'est ni le lieu ni le moment de s'allumer. On doit tenir toute la soirée avant de pouvoir se prouver notre amour. Mais c'est ce qu'on fera en rentrant. C'est sûr.

Je décide néanmoins de le prendre à son propre jeu et de le rendre fou avant la fin de la soirée. Je tire sa main vers moi et promène mon index sur la peau sensible de son bras, dessinant des huit depuis son poignet jusqu'à son coude. Son regard s'illumine, il sourit malicieusement, et je me demande si mon projet de séduction ne va pas se retourner contre moi. Cependant, je pense que ça en vaut la peine.

— Allez, Anton, mets ta sauce à feu doux et viens trinquer avec nous, dit Heather en distribuant le champagne.

Le Latin Lover tourne les boutons de la gazinière, fait demi-tour sur ses talons comme Michael Jackson dans ses clips, puis il se cambre, tend une jambe et vient vers nous en se déhanchant.

— Quel crooner ! je m'exclame en faisant mine de tousser, ce qui provoque un éclat de rire chez mon homme.

Enfin, il se détend un peu ! Après tout, je porte sa bague, je suis scotchée à lui et je crois qu'il réalise qu'Anton est un peu ringard, en fait. Un ringard canon, certes, mais un ringard tout de même. Heureusement, sa musique est tellement bonne que je pense que ses fans ne l'aimeraient pas moins, même s'ils savaient à quel point.

Anton lève son verre et nous l'imitons.

— À *Lucita* et son *hombre**. Puissiez-vous toujours rayonner autant qu'aujourd'hui et vous perdre à jamais dans votre *amor**. *Salud** !

Je souris et, pour la première fois, Wes regarde Anton en souriant aussi. Anton nous observe, Wes puis moi, puis il hoche la tête et vide son verre d'un trait.

— *Segunda ronda** ! s'exclame-t-il aussitôt.

Wes serre mon épaule et je tourne la tête vers lui.

— Je suis content qu'on soit là, admet-il.

Je ferme les yeux, inspire et appuie mon front contre le sien.

— Moi aussi. Ce sont de bons amis et ils ne veulent que le meilleur pour moi. Et le meilleur, c'est toi.

Il lève ma tête pour m'embrasser sur la bouche.

— C'est ce que je vois, oui. Mon cerveau est encore… tu sais… tordu, chuchote-t-il pour que je sois seule à l'entendre.

Anton est déjà retourné à ses fourneaux et Heather est partie mettre de la musique.

— Je sais, je dis en caressant sa joue, mais tu n'as pas à t'inquiéter. Il n'y aura jamais d'autre homme que toi. Je te le jure.

Il hoche la tête et approche son visage du mien. Je sens son souffle sur mes lèvres et je peux presque goûter les notes de champagne sur son haleine.

— Et je vais m'en assurer, murmure-t-il.

Il s'empare de ma bouche et m'embrasse longuement, langoureusement. C'est loin d'être approprié et nous nous séparons lorsque les deux idiots de l'autre côté du bar se mettent à applaudir, à siffler et à crier. La soirée va être longue.

Chapitre 2

— Non ! Ne la touche pas ! Gina ! Gina !

Je m'assieds dans le lit en frottant mes yeux lourds de sommeil et de champagne. À côté de moi, Wes se débat contre les fantômes qui le hantent, enroulé dans les draps trempés de sueur, le front et le torse brillants. Cela doit faire un moment qu'il est dans les griffes de cette terreur nocturne. D'habitude, il me suffit de le toucher pour qu'il se calme ou se réveille. Cela faisait presque une semaine que ce n'était pas arrivé. Sa thérapie se passe très bien, mais il ne s'est pas rendu à sa dernière session puisque nous sommes partis pour New York.

Tout à coup, je m'en veux d'avoir été aussi égoïste.

Je voulais qu'il vienne avec moi, alors que ce dont il a réellement besoin pour poursuivre sa guérison, c'est sans doute le confort et la sécurité de sa maison. Après tout, cela ne fait que quelques semaines qu'il a été libéré, et il a besoin de temps pour mettre ce cauchemar derrière lui. Eh merde !

Je sors du lit alors qu'il se remet à crier.

— Gina… non. Non, mon Dieu, non ! Mia ! Mia ! C'est ma femme ! Lâche-la, espèce de malade ! crie-t-il en arquant son dos.

— Wes ! Reviens-moi, s'il te plaît ! je dis en allumant la lumière.

Je ne prends pas le risque de le toucher, car la seule fois où j'ai essayé, un mouvement brusque m'a valu un vilain bleu sur les côtes.

— Si tu touches ma Mia… je te tuerai. Je te tuerai ! Elle est à moi ! rugit-il.

Je saisis la bouteille d'eau sur ma table de chevet, l'ouvre, envoie une prière à Dieu pour que tout se passe bien et la vide sur le torse de l'homme que j'aime. Il agite les bras, secoué de spasmes, et j'ai beau m'être préparée, je recule juste à temps.

— Mia !

Ses pupilles sont entièrement dilatées et ses lèvres retroussées, comme un chien qui montre les crocs.

— Ça va ? grogne-t-il d'un ton colérique.

Je ne peux pas savoir s'il est encore entre les griffes de son cauchemar ou s'il veut vraiment savoir si je vais bien.

— Je vais bien, ne t'en fais pas. Tu m'aimes ?

Je pose la même question à chaque fois.

— Plus que tout au monde, répond-il instantanément.

Il commence à se lever, mais je tends la main pour l'arrêter. Je ne sais pas encore à qui j'ai affaire. Mon Wes ? Le Wes captif ? La victime ? Le Wes dangereux ?

— Qui je suis ? je demande pour m'assurer qu'il est bien réveillé.

— Tu es Mia Saunders, bientôt Mia Channing, dit-il d'une voix à la fois douce et pleine de tristesse.

Je ne peux m'empêcher de sourire.

— Ça sonne plutôt bien.

— Carrément ! Viens là, répond-il alors que ses pupilles se rétractent peu à peu.

Je retrouve ce regard vert dont je suis tombée amoureuse il y a bientôt un an, mais je reste sur mes gardes.

— Pourquoi tu m'aimes ?

Il sourit et frotte sa mâchoire.

— Parce que sans toi, je ne suis pas moi. Et je ne veux jamais être moi sans toi.

Je ferme les yeux et rampe sur le lit jusqu'à lui, pour me blottir dans ses bras.

— Bébé, dis-moi ce qui s'est passé.

— Plus tard, chuchote-t-il.

Il passe un bras dans mon dos et suce mon téton à travers ma chemise de nuit.

J'ai été surprise de découvrir très récemment que Wes aimait la lingerie. Je pensais qu'il était du genre à la préférer par terre, puisqu'il a tendance à l'enlever dès que je l'ai mise.

Je me cambre contre lui, savourant la façon dont la dentelle gratte mon téton, c'est divin.

Il trouve bientôt le bas de ma nuisette et la retire. Mes seins sont lourds et gonflés et il les lèche, les suce et les mordille. Il joue avec mes tétons, jusqu'à ce qu'ils soient rouges comme des cerises.

— J'adore tes seins, dit-il.

— Ils t'adorent aussi, je réponds, pantelante.

Je frotte mon bassin contre la superbe érection qui s'érige entre mes cuisses. Wes est nu sous moi et c'est magnifique. Après que nous avons fait l'amour, lorsque nous sommes rentrés de chez Anton et Heather, il n'a pas remis son caleçon. Il s'est tourné sur le côté alors que je mettais ma nuisette – sans culotte – et que je me couchais à ses côtés. Il a passé une jambe sur ma hanche, puis il s'est endormi.

— Prends-moi en toi, chérie. Je veux te sentir.

— Avec plaisir, je chuchote avant de sucer sa lèvre inférieure.

Je saisis sa verge épaisse et la place à l'entrée de mon sexe chaud et mouillé. Je ferme les yeux et le prends en moi, profitant de le sentir s'enfoncer, centimètre par centimètre. Lorsque je suis complètement assise sur lui, nous soupirons tous les deux, un de ces soupirs qui font disparaître tout le reste : la vie, les mauvais rêves et tout ce que nous avons à faire ces prochains jours. Tout s'évapore lorsque nos corps se rencontrent. C'est le paradis. Il pose une main sur ma hanche et je le laisse me guider de haut en bas au rythme qu'il désire. Avec Wes, chaque fois est incroyable. Le plaisir qu'il me procure est sans comparaison et, parfois, je crois que je ne m'y habituerai jamais. Peu importe ce que l'avenir nous réserve, je ne cesserai jamais de vouloir être avec cet homme.

Je suis ses gestes et accélère un peu, me levant lentement avant de me rasseoir sur lui brusquement. Il soulève bientôt le bassin pour rencontrer le mien, et sa verge me transperce douloureusement et délicieusement.

— Tu es tellement profond… je gémis dans sa bouche en l'embrassant.

— Je veux te baiser, Mia. Dur. Pour faire fuir tous ces démons.

Il ferme les yeux et plante ses ongles dans mes hanches.

— Chassons-les ensemble, bébé.

Je me soulève et contracte mon sexe afin qu'il n'ait d'autre choix que de se concentrer sur la femme nue qui le chevauche.

— Bon sang, tu es trop bonne pour moi, dit-il en passant les mains sous mes aisselles.

Mince, je sais que lorsqu'il fait ça, c'est pour avoir un meilleur appui. Je sens que je vais avoir du mal à marcher demain. Toutefois, l'orgasme qu'il va me donner en vaut largement la peine.

En effet, je me suis à peine soulevée qu'il me rabat sur lui, me déchirant avec son gland. Je pousse un cri alors que je me sens écartelée, mais il adopte un rythme effréné et s'enfouit en moi sans relâche. Il puise en moi ce dont il a besoin pour lutter contre les démons qui le hantent, et je suis à ses côtés. Chaque aller, chaque retour et chaque respiration ramènent mon homme à mes côtés, au présent, à cet endroit où notre amour règne en roi et où les démons n'ont qu'à se cacher dans l'ombre pour mourir.

Mon corps se tend quand les va-et-vient de Wes deviennent plus intenses. Sa mâchoire se contracte et il ferme les yeux, mais il est hors de question que je le laisse sombrer sans moi.

— Wes… je gronde.

Il continue de se réfugier en moi et mes nerfs crépitent dans tout mon corps. Or, j'ai besoin qu'il soit là, avec moi. Toujours.

— Wes, bébé, je râle d'une voix faible.

Je suis à deux doigts de me laisser engloutir par la vague de désir qui s'apprête à s'abattre sur moi.

— Wes ! je sanglote.

Enfin, il ouvre les paupières. Ses yeux verts sont brûlants.

— Jouis ! ordonne-t-il.

Un seul mot. Pour la première fois de ma vie, je jouis sur demande, décollant comme une fusée, verrouillant son sexe pulsant en moi. Deux allers-retours plus tard, Wes atteint le septième ciel avec moi et nos cris se mêlent.

Tout ira bien. Je le sais. Tant que nous ferons fuir ensemble les démons de l'autre, tout ira bien.

*

Je sors de la salle de bains et titube vers le lit, épuisée, mais curieuse de savoir ce qui s'est passé. La psy de Wes lui a dit qu'il devait raconter ses terreurs nocturnes et ses souvenirs, sinon les cauchemars pourraient empirer.

Je m'allonge sur lui, pose mon menton sur sa poitrine et joins mes mains sur son cœur.

— Alors… que s'est-il passé dans ce rêve ?

Il soupire et passe sa main dans ses cheveux blonds. Le look « saut-du-lit » lui va à ravir. S'il ne venait pas de mettre hors-service mon vagin pour au moins douze heures, je serais déjà en train de remettre le couvert.

— Crois-moi, tu ne veux pas savoir. Je ne veux pas que tu aies ces horreurs en tête, Mia.

— C'était un flash-back ? je demande, ignorant sa réponse.

Il secoue la tête et marque une pause en mordant sa lèvre inférieure.

— Plus ou moins, je suppose, oui. J'étais là-bas, dans la cabane. Mais les choses étaient différentes. Au début, ils ont pris Gina, comme ils avaient l'habitude de le faire.

Je frissonne, consciente de ce que les extrémistes ont fait à son ex. Son viol quotidien a fait du mal à tous ceux qui ont dû le regarder, comme Wes.

— Qu'est-ce qui était différent ? je demande d'une voix douce.

Il retient son souffle, cligne plusieurs fois des yeux et dégage la mèche qui est retombée sur mon front.

— Elle est devenue toi, dit-il enfin.

— Comment ça ?

Il fronce les sourcils et continue de jouer avec mes cheveux. Il étudie mon visage avec une intensité sans précédent, comme s'il faisait l'inventaire de chacun de mes traits.

— Au début, les cheveux étaient différents. C'était ceux de Gina, ils n'étaient pas aussi noirs et soyeux que les tiens. Puis la bouche a changé.

Du bout du doigt, il suit les courbes de mes lèvres, et je réponds en embrassant ses doigts.

— Le nez s'est allongé devant moi, poursuit-il en effleurant la pointe de mon nez, mais je refusais toujours de croire…

— De croire quoi ?

— Je pouvais me convaincre que c'était elle jusqu'à ce que les yeux deviennent vert clair et pâles. Une couleur que je n'ai vue que chez une seule personne… toi.

— Oh, Wes, mon Dieu… je ravale le nœud qui se forme dans ma gorge. Ce n'était pas moi…

Il ferme les yeux et pointe son index sur son cœur.

— Je le sais, là. Mais ici, dans ma tête, les détails se mélangent. Ce soir, c'était pire que tout. C'était d'abord le souvenir de ce qui s'est passé là-bas, puis Gina est devenue toi. Et Mia… je n'aurais pas survécu si ça avait été toi. Je le supporte à peine maintenant, mais si c'était toi que j'avais dû voir torturer nuit et jour ? Ça me tue… rien que d'y penser.

Je pose une main sur son visage.

— Wes, je suis ici. Je n'étais pas là-bas. Tu as survécu à un terrible traumatisme. Tu as vu quelqu'un à qui tu tiens subir une des pires choses qui puissent arriver. Mais ce n'était pas moi. Si seulement je pouvais te le faire sentir, dans la nuit, pour t'arracher à ces cauchemars.

— C'est ce que tu fais, répond-il en me serrant contre lui. Ce que tu fais m'aide beaucoup. Ça va de mieux en mieux, je te le promets.

— Alors, le fait que je t'ai traîné ici n'aggrave pas la situation ? je demande, les larmes aux yeux.

Il sourit et me fait glisser contre lui pour que l'on soit nez à nez. Il m'embrasse, lentement, profondément, langoureusement, une main sur ma nuque pour m'empêcher de reculer.

— Tu es la seule chose qui m'empêche de devenir fou. Sans toi, sans notre amour, j'aurais pris un chemin très différent, Mia, un chemin sombre et sans retour. Tu me donnes une raison de me battre, de vivre, Mia. Tu me donnes une raison d'espérer. Être avec toi n'est pas une épreuve. Je ne serais pas venu à New York si je pensais qu'être loin de toi serait une bonne idée.

Je me blottis contre sa poitrine et l'embrasse sur le cœur.

— Et si tu n'étais pas venu, je n'aurais pas cette jolie bague au doigt.

Je remue la main pour qu'il la voie et pour faire briller les diamants au clair de lune. Elle est sublime, et mon cœur bat la chamade chaque fois que je l'admire. Le style est parfait pour moi, la preuve que mon homme me connaît bien.

— Je voulais te demander en mariage aussitôt que possible. Tu sais, j'ai acheté cette bague quand je suis parti de Miami.

— Miami ? Mais c'était il y a des mois !

— Oui, mais on n'a eu que très peu de temps avant que tu partes au Texas, puis je suis parti en mission. La mission de l'enfer. Après ça, il fallait que je guérisse. Je ne voulais pas que tu penses que ma demande était le résultat du stress post-traumatique, ou que c'était une fuite en avant. Je veux que tu sois certaine que je suis prêt à m'engager auprès de toi pour la vie.

— Je t'aime, Weston Charles Channing, Troisième du nom, je dis en souriant.

— Troisième du nom, répète-t-il d'un ton moqueur.

Je le fais taire en m'emparant de sa bouche.

*

Le téléphone sonne trois fois avant qu'elle ne décroche, essoufflée.

— Allô.

— Gin, qu'est-ce qui se passe, pourquoi tu es essoufflée ?

Je regarde l'heure, il est onze heures du matin ici, donc huit heures à Malibu.

Wes et moi avons décidé de rester à l'hôtel aujourd'hui et de regarder des films en commandant au room service. Nous avons tous deux rendez-vous pour des massages au spa de l'hôtel dans une heure, donc j'ai pensé que c'était le moment parfait pour annoncer la bonne nouvelle aux deux femmes de ma vie. J'ai déjà appelé Maddy et elle était hystérique. Elle a parlé d'un double mariage quand elle aura fini sa licence, et je n'ai eu d'autre choix que de la laisser croire que j'étais d'accord. Elle était beaucoup trop excitée pour entendre raison. Toutefois, j'ai omis de lui dire que Wes pensait m'épouser le jour de l'an, je préfère le lui dire de vive voix, autour d'un verre, ou de plusieurs.

— Euh, pour rien. Ohhhh… euh… hmmm. Arrête, dit-elle à quelqu'un d'autre.

— Espèce de petite salope ! Tu es avec un mec ? je glousse en faisant mine d'être offusquée.

Si les rôles étaient inversés, elle serait bien plus moqueuse que moi.

— Euh, non, il n'y a pas de mec ici, non. Moi ? Pfff, répond-elle d'une voix exagérée. Putain, oui, c'est ça, chuchote-t-elle.

Je sais qu'elle a éloigné son téléphone, mais à l'évidence ce n'est pas suffisant.

— Tu es en train de baiser ? Maintenant ?

Beurk. Il y a des choses que je ne veux pas partager, même avec ma meilleure amie, et ça, ça en fait partie.

— Mia, bébé, c'est pas le bon moment. Vraiment, vraiment pas, râle-t-elle.

— Ah bon ? D'accord ! Je voulais juste te dire que Wes m'avait demandée en mariage.

On se marie le premier janvier, mais on ne sait pas encore où. Bonne baise !

Je raccroche et je compte à rebours.

Cinq.

Quatre.

Trois.

Deux.

Le téléphone sonne et *Ma Salope Chérie* s'affiche à l'écran. J'attends quatre sonneries, juste pour l'énerver.

— Tu as déjà fini ? Eh bien, il doit pas être terrible, je me dépêche de dire dès que je décroche.

Elle est haletante, mais j'entends qu'elle se déplace dans la maison.

— C'est toi qui m'as appelée, tu te souviens ? À huit heures du mat ! Alors que je me faisais sucer le minou pour la première fois depuis des semaines, et tu m'annonces ça ? Tu crains ! Tu le sais, ça ? s'exclame-t-elle d'une voix irritée.

Je ricane, me laisse tomber sur le lit et regarde ma bague scintiller au soleil. Elle est magnifique, je crois que je ne m'en lasserai jamais.

— Tu as fini de râler ?

— Eh bien… maintenant que mon superbe orgasme est en suspens à cause de la garce qu'est ma meilleure amie, ouais, j'ai fini. Reprends au début et raconte-moi tout. Si tu oublies le moindre détail, je vais remplacer ton shampoing par de la crème dépilatoire. On verra si Wes t'aime autant si tu es chauve.

J'éclate de rire et lui raconte tout. Je n'ai pas dit à Maddy que nous venions de clore une superbe partie de jambes en l'air, mais je n'épargne pas Gin. Ma meilleure amie ne vit que pour ce genre d'histoire.

— Waouh. Alors, tu vas vraiment l'épouser le jour de l'an ?

Je hausse les épaules même si elle ne peut pas me voir.

— Je ne suis pas sûre. Je crois que je m'en fiche un peu. Mais Wes semble tenir au fait de commencer l'année en étant marié. Moi je trouve ça plutôt amusant, parce que quand je l'ai rencontré en janvier dernier, c'était tout le contraire.

— Mais pour toi aussi, tu te souviens ?

— Ouais, tu n'as pas tort. J'ai l'impression que c'était il y a dix ans, pas dix mois ! Tu me trouves folle de passer le cap si vite ?

— Attends une seconde.

Elle se déplace dans la petite maison d'amis, j'entends une porte s'ouvrir et se refermer. Au loin, le bruit des vagues m'indique qu'elle est sur la terrasse qui surplombe la plage et l'océan.

Ça ne fait que deux jours que je suis partie, et notre maison me manque déjà. C'est dingue que je me sente déjà chez moi dans le mini-palais de Wes.

— Je ne suis pas experte en amour, Mia, mais je suis experte en toi. Tu as eu des mecs vraiment affreux par le passé.

— Beurk, n'en parle pas, je t'en supplie !

— Ben si, justement, parce que ça t'a aidée à devenir la personne que tu es aujourd'hui. Sans parler de Blaine l'enfoiré, ceux dont tu es tombée amoureuse t'ont brisé le cœur.

— C'est vrai, j'admets en triturant un ongle.

— Mais aucun ne t'a détruite. Or, quand Wes était captif en Indonésie ? Là, tu étais vraiment six pieds sous terre.

Il me suffit d'y penser pour que ma tristesse et ma douleur reviennent. Plus jamais je ne veux vivre cela.

— Ouais, je marmonne.

Ginelle inspire lentement et je me demande si elle s'est remise à fumer, mais je n'ai pas le courage de le lui demander.

— Alors, la question est : est-ce que tu t'imagines vivre sans lui ? Mieux encore, est-ce que tu penses que tu peux trouver mieux ?

— Absolument pas, je réponds instantanément.

Pourtant, j'ai toujours cru que j'étais amoureuse de l'amour, et que c'est ce qui m'avait aidée à me relever après mes séparations. Cependant, rien ne pourra jamais remplacer Wes.

— C'est l'homme de ma vie, Gin.

— Alors, je crois que tu as ta réponse.

— Est-ce que j'ai ton soutien, aussi ?

Je retiens mon souffle. Je n'ai pas besoin de son approbation, mais comme elle l'a si bien dit, elle me connaît très bien. Et elle n'aurait aucun mal à me dire que je suis sur le point de faire une énorme erreur si c'était ce qu'elle pensait.

— Bébé, je te soutiens dans tout ce que tu fais. Ça ne me plaît pas toujours, mais je te soutiens. En revanche, avec Wes… *c'est* l'homme de ta vie. Je le vois en toi, mais, surtout, je le vois en lui, dans ses yeux, chaque fois qu'il te regarde, quand il pense que personne ne le voit. Il est fou de toi, Mia.

— Merci, Gin. Ça compte énormément pour moi.

— Et pour moi, tu sais ce qui compte énormément ? s'exclame-t-elle en retrouvant son ton moqueur.

— Quoi ?

— Un orgasme en suspens. Tao va devoir recommencer à zéro, le pauvre. Cela dit, ce demi-dieu a le don de me faire mouiller d'un simple regard.

— Tu déconnes ?! Tu te tapes le frère de Taï ? Comment ça ? Depuis quand ?

— On est restés en contact depuis le mois de mai. Il savait que tu partais à New York, alors il a décidé de venir. Il reste deux semaines avec moi, pour découvrir le soleil et les plages du continent. Cela dit, il faudrait qu'on sorte de la chambre pour profiter du soleil.

— Espèce de salope !

— Je sais ! Je suis tellement excitée ! Meuf… il me fait perdre connaissance chaque fois qu'il…

— Stop ! Je t'en supplie, épargne-moi les détails !

— Boh, t'es pas drôle !

— Va le retrouver, meuf. Profite de ton dieu samoan.

Je regarde autour de moi pour m'assurer que Wes est toujours sous la douche et je suis satisfaite d'entendre l'eau couler.

— Je sais d'expérience qu'ils savent s'y prendre. Amuse-toi bien, meuf !

Je sautille de joie, ravie que ma meilleure amie passe quinze jours avec un mec génial qui vient d'une bonne famille.

— T'en fais pas pour moi, frangine. Je t'aime, même avec ta sale tronche, dit-elle avant de raccrocher pour que je ne puisse pas répondre.

Mince ! Elle a encore gagné.

Chapitre 3

Wes et moi descendons dans le hall d'entrée de l'hôtel, où Mason et Rachel nous retrouvent pour aller déjeuner. Je passe un pilier en marbre et souris jusqu'aux oreilles en apercevant mon ami, le bras autour de sa nana. Il se tourne vers nous, et mon cœur bat la chamade lorsque nos regards se croisent. La dernière fois que je l'ai vu, il m'aidait à guérir d'une lourde agression.

Je m'immobilise, alors que Mason court vers moi. Il me soulève dans ses bras et me fait tourner dans les airs. Je plie les jambes, craignant de frapper quelqu'un au passage. Lorsqu'il me repose, il prend mon visage dans ses mains et m'embrasse sur le front.

— Bon sang, tu as l'air en forme, ma douce. Laisse-moi te regarder.

Il me tient à bout de bras et me toise des pieds à la tête. Je suis loin d'être une fashionista, mais j'ai fait un effort pour mon homme. J'ai mis un jean bleu foncé, un pull à grosses mailles vert foncé, des cuissardes en daim beige, un foulard en soie multicolore et un trench en cuir marron.

— Tu es canon !

Je lui donne un petit coup de poing dans l'épaule.

— Mia, s'écrie Rachel en venant à nos côtés, je suis contente de te voir ! Mason a passé la semaine à parler de toi et à dire combien il était excité de rencontrer ton mec.

Je la regarde en souriant et dégage ses cheveux blonds de son épaule.

— Tu es superbe, Rachel. L'amour te va bien !

Elle sourit jusqu'aux oreilles et Mace passe un bras autour de sa taille.

— Oui, je suis d'accord, répond-il.

Wes n'a pas interrompu nos retrouvailles, mais je sens sa chaleur dans mon dos, très près. Je me penche en arrière et, sans me soucier de perdre l'équilibre, je tends le bras. Je le savais, il est là, prêt à me donner la main et à me rattraper si je tombe. Je souris et lève la tête lorsqu'il me prend dans ses bras. Il m'offre un sourire en coin et un clin d'œil qui, dans notre langage secret, signifie « oui, tu sais que je suis là pour t'empêcher de tomber, et je le serai toujours ».

— Mason Murphy, Rachel Denton, je vous présente mon mec, Weston Channing.

Wes tend la main pour serrer celle de Mason, puis de Rachel.

— Mia, on en a déjà parlé, tu veux dire ton fiancé, je crois ?

Il penche la tête sur le côté et effleure ma tempe avec son nez avant de l'embrasser.

— Tu vas te marier ? s'écrie Rachel.

— Oui ! je m'exclame en haussant les épaules.

Elle sautille de joie en enlevant son gant pour me montrer sa main gauche.

— Moi aussi !

J'ouvre la bouche, mais je perds l'usage de la parole et me mets moi aussi à sautiller, heureuse comme une enfant qui apprend qu'elle va à Disneyland, puis je prends Rachel dans mes bras, toujours en sautant.

— Montre-moi ta bague ! s'exclame-t-elle en prenant ma main. Elle est magnifique ! dit-elle en la faisant tourner. Elle est discrète, superbe.

Elle lève les yeux au ciel et regarde Mason, qui gonfle le torse et sourit jusqu'aux oreilles.

— Laisse-moi voir la tienne.

— Ah ! Tu ne peux pas la rater, on la voit depuis la lune, dit-elle sèchement en réprimant un sourire.

Elle tend sa main et j'ouvre grand les yeux en voyant l'énorme diamant carré.

— Waouh ! C'est combien de carats, ça ? je m'exclame sans quitter la bague des yeux.

— Celui du milieu fait quatre carats, les deux sur le côté en font un chacun. Ça fait six carats, rétorque Mason, ne pouvant s'empêcher de faire le malin, comme la première fois que je l'ai rencontré.

Je fronce les sourcils et secoue la tête en le regardant.

— Quoi ? Qu'est-ce que tu veux, le baseball me rend heureux, mais pas autant que ma nana, dit-il en tirant Rachel à ses côtés. Tu mérites plus.

Toutefois, je sais que Rachel s'en moque. Elle n'est pas du genre à se soucier des choses matérielles. Certes, elle s'habille super-bien et elle pourrait facilement traîner avec la jet-set new-yorkaise, mais au fond, c'est une nana qui a les pieds sur terre et qui veut juste être avec l'homme qu'elle aime.

Wes pose une main sur mon épaule et me plaque contre lui, effleurant mon oreille avec sa bouche. Son souffle me chatouille et un frisson descend le long de mon échine. On vient de faire l'amour et je suis déjà en manque. Est-ce que ça sera toujours comme ça ? J'espère que oui !

— Mia, si tu veux un gros diamant, je serais ravi de te l'offrir, mais je ne pensais pas que…

Je lui coupe la parole en me tournant vers lui pour prendre son visage dans mes mains. Il retient son souffle, surpris, j'en profite pour plonger ma langue dans sa bouche, une fois, puis deux, avant de reculer et de le regarder dans les yeux.

— J'aime ma bague plus que tout. Plus que Suzi, même. Cela dit, je n'en dirai peut-être pas autant quand tu m'auras acheté ma propre Ducati, ou bien peut-être la MV Agusta FCC, mais elle coûte cent quarante mille dollars, c'est dingue. Or, la Ducati n'en coûte que quarante mille. Ça reste une sacrée somme, mais…

Wes pose deux doigts sur ma bouche et sourit bêtement.

— Je propose à ma nana une bague à un demi-million de dollars et elle préfère une moto. Bon sang, tu es vraiment la femme parfaite.

— Parfaite pour toi ! je réponds en l'embrassant brièvement.

— Ok, gardez vos papouilles pour plus tard, ricane Mace. Nous sommes affamés. Vous avez une idée de resto ?

Je tourne la tête et le fusille du regard.

— Dis donc, je suis en train d'embrasser mon fiancé. Ça te pose un problème ?

Mason lève les mains en l'air en faisant mine d'être agacé.

— Allez viens, Rach, on va se trouver à manger !

*

Étonnamment, lorsque Wes et Mace commencent à parler de sport, mon homme se détend peu à peu. L'autre jour, il m'a demandé s'il s'était passé quelque chose entre Mason et moi, et il a semblé rassuré lorsque je lui ai répondu que non. Il n'était pas jaloux, avant, et je ne suis pas certaine que ce nouveau trait de caractère me plaise. Il faudra que j'en parle à sa psy quand nous serons de retour à Malibu. Mon futur mari a énormément de qualités, et cette jalousie nouvelle n'en fait pas partie.

Peut-être est-ce parce que c'est désormais « officiel » entre nous et qu'il pense pouvoir marquer son territoire ? Je ne sais pas, mais je note que chaque preuve d'affection qu'a Mace pour Rachel semble soulager Wes un peu plus. Toutefois, il devrait savoir qu'il n'a pas à s'inquiéter, parce que je suis avec lui et qu'il peut me faire confiance.

D'ailleurs, je me demande bien pourquoi il veut qu'on se marie aussi vite. Si c'est parce qu'il est jaloux, il est hors de question que je le laisse faire.

— Alors, quand avez-vous prévu de vous marier ? je demande à Rachel.

Son regard s'illumine et elle se penche en avant sur la table. Nous avons trouvé un pub chaleureux près de l'hôtel, qui propose un large choix de cidres et de bières, ce qui plaît aux garçons, ainsi qu'un bon menu.

— On pensait se marier à la fin de l'année prochaine. La saison de base-ball finit début octobre, donc peut-être la troisième ou quatrième semaine d'octobre, n'est-ce pas chéri ? dit-elle posant une main sur le bras de Mace.

Il attend d'avoir fini de dévorer un énorme *onion ring*[1] pour répondre.

— Comme tu veux. J'y serai, vêtu de ce que tu m'auras ordonné de mettre.

Ça ne m'étonne pas que Mason ait prévu de ne s'occuper de rien. Cela dit, maintenant que j'y pense, la dernière chose dont j'aie envie, c'est de tout organiser.

— Ça va être gigantesque, dit Rachel en levant les yeux au ciel. On a une famille énorme, tous les deux, et bien sûr il y a tous les membres de l'équipe et des autres équipes avec qui il est ami. La dernière fois qu'on a compté, on en était à quatre cent cinquante.

— Quatre cent cinquante quoi ?

---

1. Beignet de rondelles d'oignon.

— Invités.

— Waouh ! Je ne crois même pas avoir rencontré autant de gens de toute ma vie !

Elle hausse les épaules.

— Ça fait partie du business, je suppose. Plus on est de fous, plus on rit, n'est-ce pas ? Ça va être génial. C'est moi qui m'occupe de tout. D'ailleurs, laisse-moi prendre mon agenda, vous pensez vous marier quand, vous ? demande-t-elle, en sortant une petite tablette de son sac. Je croise les doigts pour que Mace n'ait pas de match, mais hélas, on ne peut rien promettre.

— On n'a pas encore fixé de date, je réponds.

— Excuse-moi, Rachel, tu viens de demander quand on pensait se marier ? demande Wes.

— Oui.

— Le premier janvier. Le jour de l'an, répond-il d'une voix ferme.

— Waouh, si tôt ! Alors, tout est prêt, ma douce ? demande Mason en se tournant vers moi.

Wes le fusille du regard en entendant le surnom dont il m'a affublé dès le premier jour où l'on s'est rencontrés.

— Wes veut qu'on se marie le jour de l'an, je soupire, mais je n'ai pas dit que j'étais d'accord.

— C'est faux ! répond-il en secouant la tête.

— Je dois vraiment encore te rappeler que toute réponse donnée en plein orgasme ne compte pas ?

Mason frappe la table en éclatant de rire et Rachel glousse en se couvrant la bouche.

— Chérie, tu sais que je vais gagner cette bataille. D'ailleurs on devrait sans doute commencer les préparatifs. Ma mère va vouloir sortir le grand jeu, et sept semaines ne lui laissent pas beaucoup de temps.

— Sept semaines, je répète. Attends, le grand jeu ?

Je secoue la tête. Je n'ai aucune envie de sortir le grand jeu. Aucune. Hors de question !

— Oh non, on dirait que Mia va vomir. Ça va, ma douce ? demande Mace alors que des alarmes retentissent dans ma tête.

Tout à coup, j'ai beaucoup trop chaud et je n'arrive pas à respirer.

— Chaud. Il fait chaud ici, non ? je siffle en tirant sur mon foulard.

Mon cœur bat très fort et je masse ma poitrine qui semble être devenue trop étroite. C'est comme si un éléphant était assis sur moi. J'ai l'impression de respirer avec une paille, mes poumons manquent d'oxygène.

— Mia, calme-toi. Chérie, regarde-moi. Tu fais une crise d'angoisse. Regarde-moi ! gronde Wes.

Je le regarde dans les yeux et vois son inquiétude.

— Respire avec moi. Inspire… et maintenant expire lentement.

Je calque ma respiration sur la sienne jusqu'à ce que je retrouve mon souffle.

— Là, voilà. Tiens, bois un peu d'eau, dit-il.

J'avale quelques gorgées d'eau glacée et me calme peu à peu.

— Qu'est-ce qui s'est passé, Mia ?

Mason est derrière moi, caressant lentement mon dos de haut en bas.

— Détends-toi, ma douce. Ces histoires de mariage peuvent être stressantes, mais au final tout ce qui compte, c'est toi et mon nouveau pote. Le reste n'est pas important.

Je ferme les yeux et Wes prend mon visage entre ses mains.

— Chérie, tu ne veux pas d'un grand mariage ?

— Je n'ai jamais voulu ça, je chuchote en faisant non de la tête.

— D'accord, alors on fera une petite cérémonie. On peut même s'enfuir et faire ça en secret, si tu veux.

— Non, ta mère serait super-triste, je ne veux pas lui faire ça.

— Alors, pourquoi pas une petite fête plus intime ? demande Rachel. Est-ce qu'il y a un endroit qui vous fait penser l'un à l'autre ?

Nous sourions tous les deux et répondons en même temps.

— La plage !

— Oh, c'est trop mignon ! s'exclame-t-elle en frappant dans ses mains.

— C'est cool les mecs, intervient Mason, mais il ne va pas faire un peu froid à la plage, en janvier ?

— Eh bien, en fait, non, répond Wes. À Malibu, la météo est souvent superbe en janvier. Il peut faire vingt, voire vingt-cinq degrés, parfois. Ce serait parfait.

Notre plage. Je m'imagine épouser l'homme que j'aime à quelques pas de la plage où nous surfons, marchons, nous embrassons et regardons le coucher du soleil.

— Wes, c'est parfait. Marions-nous sur notre plage !

— Et la réception ? demande-t-il.

J'ai une idée qui va me faire marquer des points avec ma future belle-mère.

— Et si on la faisait au domaine de tes parents ?

Son regard s'illumine et il sourit.

— Ma mère va adorer. On se marie sur notre plage, pour nous, et on fait la réception dans la maison où j'ai grandi. Bon sang, soupire-t-il en posant une main sur ma joue, je t'aime chaque jour un peu plus.

— Cool, je murmure.

Il éclate de rire et m'embrasse tendrement.

— Eh bien voilà ! C'est réglé ! Je sais que tu veux une petite fête, mais est-ce qu'on peut venir quand même ? Mason sera libre en janvier et on adorerait voir Malibu !

— Bien sûr ! Plus on est de fous, plus on rit, je répète en souriant.

— Ah bon ? demande Wes, n'ayant pas saisi mon ironie.

— Non, pas du tout. Je peux dresser une liste de vingt personnes max que j'aimerais inviter. Tu crois que tu peux aussi ?

— Je ne sais pas, parlons-en plus tard. Je ferai ma liste ce soir.

Ce soir. Il va faire sa liste d'invités ce soir. Ce type est déterminé à m'épouser dans sept semaines. Reste à savoir pourquoi.

*

Notre déjeuner avec Mason et Rachel se transforme en dîner. Nous avons tant de choses à nous raconter que nous passons l'après-midi au pub, à boire des bières, à grignoter et à parler de tout et de rien, de leur mariage ultra-sophistiqué à la maison qu'ils achètent et de nos familles respectives. J'ai prévenu Mason de ne pas parler de la prise d'otage ni du fait que je l'ai appelé régulièrement en octobre pour lui parler de la situation avec Wes. Mason était la personne idéale pour m'écouter à ce sujet : c'est un avis masculin objectif, et il n'est ni du genre à en tenir rigueur à Wes ni à lui en parler. Mace et moi sommes amis. Nous nous sommes liés d'affection quand j'ai passé le mois d'avril avec lui, puis quand il m'a secourue la dernière fois que j'étais à New York, en juin. Notre relation ressemble à celle que j'ai avec mon frère Maxwell. D'ailleurs, cela me fait penser que je dois le prévenir de notre mariage, lui aussi. Cela dit, nous allons chez lui pour Thanksgiving, dans deux semaines. Avant tout, je dois m'occuper de Wes et de son besoin de se marier tout de suite.

*

— Tu sais, j'aime bien Mason et Rachel. Ce sont des gens bien et ils forment un beau couple, aussi, dit Wes en enlevant sa chemise.

Je me laisse distraire en voyant son torse nu, ses abdos musclés méritent d'être admirés comme il se doit. Face à eux, je suis en transe comme devant un tableau de Monet ou de Van Gogh.

— Tu as perdu ta langue ? demande Wes en souriant.

Je secoue la tête. *Non. Pas maintenant. Ne te laisse pas déconcentrer, Mia. Il te faut des réponses.*

— Wes, je peux te poser une question ? je demande alors qu'il enlève son jean.

Bats-toi, Mia. Lutte ! Tu peux le faire. Ne laisse pas ce beau gosse te distraire. C'est important ! Je me lèche les lèvres en matant mon délicieux fiancé. Bon sang, toutes ces heures de surf font des miracles sur son corps.

— Bien sûr, chérie.

Il s'assied à côté de moi, saisit ma cheville et promène sa main sur mon mollet, de bas en haut. Ce n'est pas une caresse sexuelle, mais mon corps ne sait pas faire la différence. Il m'a à peine touchée que des fourmillements recouvrent mon corps des pieds à la tête.

Réfléchis, Mia. D'accord. Je ferme les yeux et tente de me souvenir ce que je voulais dire.

— Chérie, tu me fais peur, qu'est-ce qu'il y a ? demande Wes, inquiet.

Il saisit mon menton et lève ma tête vers lui.

— Pourquoi tu tiens à ce qu'on se marie aussi vite ?

Ses épaules retombent, puis il appuie ses coudes sur ses genoux et prend sa tête dans ses mains.

— Wes, bébé, qu'y a-t-il ?

Je me rapproche de lui et lui caresse le dos.

— Ce n'est pas qu'on ne peut pas attendre. Je sais qu'on pourrait prendre le temps, mais bon sang Mia, quand j'étais enfermé… la seule chose qui me donnait un peu d'espoir était de penser à toi. Tu étais ma lumière au bout du tunnel. Il fallait que je survive. Il le fallait, parce que je voulais être là pour toi, plus que tout au monde.

— Wes… je murmure d'une voix tremblante.

Je m'agenouille derrière lui et passe mes bras autour de lui.

— Alors tu vois, ce n'est pas qu'on doit se dépêcher, c'est juste que je ne veux pas perdre la moindre seconde sans que tu sois à moi. Quand les choses allaient mal, la seule chose qui me faisait tenir était de m'imaginer te passer la bague au doigt. J'ai imaginé des centaines de manières de te demander en mariage, mais en fin de compte, j'ai su que le bon moment était ici, au lit, où il n'y a que toi et moi et où nous sommes loin de la thérapie, du stress de mon travail, de la famille.

J'embrasse son dos, laissant ses paroles me pénétrer. Il ne veut pas perdre une minute sans moi. Il n'est pas question de jalousie ou de fuite en avant, il s'agit d'engagement. D'être avec moi. D'être avec lui. De former une famille.

— Ok. Alors c'est réglé. On se marie sur notre plage, à Malibu, et on ira chez tes parents pour la réception. Tu veux qu'on dresse la liste des invités ?

Il se tourne brusquement, me pousse en arrière et s'allonge sur moi entre mes cuisses.

— On fera les listes après.

— Après quoi ? je demande en jouant des sourcils.

— Après que j'aurai fait grimper ma fiancée aux rideaux.

Ses paroles embrasent le sang dans mes veines, et mon bas-ventre se contracte.

— Ça peut le faire, je dis en souriant, levant la tête pour l'embrasser.

— Non Mia, c'est toi que je vais me faire, répond-il en suçant ma lèvre inférieure.

Je pousse un grognement et l'entoure de mes jambes, le rapprochant de moi.

— Alors vas-y, je chuchote.

— Avec plaisir, grogne-t-il.

— Quel plaisir ? Le tien ou le mien ? je demande en riant.

— Le nôtre, ma chérie. Toujours le nôtre.

Chapitre 4

Une semaine plus tard, l'équipe de tournage arrive au penthouse d'Anton, à l'aube, où je vais l'interviewer avec Mason Murphy. Apparemment, lui et Heather ont fait la fête avec des gens de l'industrie musicale. Heather est réveillée, bien évidemment, parée de son look rockstar glamour habituel et d'assez de maquillage pour cacher ses cernes, mais le Latin Lover n'est pas encore réveillé.

De mon côté, je porte une jupe crayon noire à fines rayures que je trouve très sexy, des bottes noires qui m'arrivent au genou et un chemisier en soie blanche qui se ferme avec un ruban sur le cou. J'ai complété mon look avec un gros bracelet rouge et un collier assorti. Ce doit être assez sexy, car Wes m'a presque sauté dessus quand je suis sortie de la chambre, ce matin.

Il m'a fallu tout mon self-control pour ne pas le laisser me prendre sur-le-champ, contre le mur de notre suite. Cependant, je suis déterminée à me débarrasser de ces entretiens rapidement et à passer du temps avec mes amis pour vite retrouver mon godemiché privé.

J'essaie de mettre de côté les images de Wes et moi nous roulant nus par terre pour me concentrer sur mon travail. Je ferme les yeux, inspire lentement et compte jusqu'à dix. Quand j'ouvre de nouveau les yeux, je me sens plus apte à accomplir mon travail.

L'équipe du Docteur Hoffman s'affaire autour de moi, préparant le salon pour le tournage. La déco chez Anton ne laisse aucun doute sur ses origines et il semble avoir particulièrement soigné celle de cette pièce. J'ai choisi de l'interviewer ici parce que cela reflète le plus l'homme que je connais, le véritable Anton, pas le Latin Lover. Cette pièce révèle la richesse et la diversité colorée de la culture portoricaine très chère à Anton.

Il y a des tableaux peints par des artistes du quartier où il a grandi et des statues sculptées dans le bois de sa ville natale. Les couvertures qui couvrent les canapés en cuir bordeaux sont faites à la main par sa mère, et les meubles invitent les gens à s'asseoir et à se reposer un moment. C'est tout Anton. Avec ses amis et sa famille, il fait tout ce qu'il peut pour leur offrir l'accueil et le confort de sa maison.

Kathy, mon assistante de production, vient vers moi. Elle a de longs cheveux noirs qui lui arrivent jusqu'aux fesses et que je n'ai jamais vus lâchés car ils sont toujours tressés. Je l'aime beaucoup. Ses lunettes à la Woody Allen glissent toujours sur son nez aquilin et elle est sans cesse en train de les remonter lorsqu'elle parle à quelqu'un. Sans cesse. Je me demande si ce sont de vraies lunettes ou si elles ne servent qu'à parfaire son look de hipster. Quoi qu'il en soit, je préfère ne rien dire, parce qu'elle est géniale et travailler avec elle est un plaisir. D'après ce que Wes m'a dit, les assistants de production qui ne sont ni agaçants ni jaloux de ne pas être sous les projecteurs sont rares. Il pense également que Kathy est une vieille âme pleine de sagesse dans un corps de jeune femme. Je ne sais pas encore où elle souhaite emmener sa carrière, mais pour l'instant, je suis ravie qu'elle reste à mes côtés pour la durée de *Vivre en Beauté*.

— Mademoiselle Saunders…

Je lève les yeux au ciel, car je lui ai dit des dizaines de fois de m'appeler Mia, mais elle refuse, apparemment elle trouve cela irrespectueux.

— Monsieur Murphy est là avec mademoiselle Denton. Ils sont tous les deux au maquillage, ce qui a surpris mademoiselle Denton, explique Kathy en remontant ses lunettes alors qu'elles ne semblent pas tomber.

— Je sais, je réponds en souriant jusqu'aux oreilles. Ne dites rien, surtout. Elle ne sait pas que Mason a prévu d'annoncer qu'ils sont fiancés. Apparemment, personne n'est au courant et il veut que le monde entier le sache.

Le regard de Kathy s'illumine.

— J'adore ! Le Docteur Hoffman va être fou de joie. Quant à Leona… elle pourrait se jeter à vos pieds ! glousse-t-elle avant de couvrir sa bouche et de regarder autour d'elle, de peur que quelqu'un ne l'ait entendue.

— Kathy, il n'y a que toi et moi ici. Et, tu as raison, Leona va être hystérique quand elle le verra. Parfois, ça aide d'avoir des amis haut placés, tu ne penses pas ? je dis en cognant mon épaule contre la sienne, la faisant rougir. Est-ce que les plateaux sont prêts ? Comme Anton ne va pas être prêt avant plusieurs heures, j'aimerais commencer par Mason.

Elle hoche la tête et tapote sur sa tablette.

— Je vais vérifier, mais tout devrait être prêt quand ils sortiront du maquillage.

Je traverse le penthouse en jetant un œil aux différents endroits où nous avons décidé de filmer. Wes et moi souhaitons boucler autant de sujets que possible afin d'en avoir suffisamment pour un mois, ce qui nous permettrait de passer les fêtes de fin d'année en famille.

Max nous a fait comprendre que si ses deux sœurs n'étaient pas chez lui pour Thanksgiving, il serait très vexé. Bien évidemment, il est bien trop viril pour le dire ouvertement, donc il s'est contenté de déclarer que notre présence marquerait la fin d'une année parfaite. Pleine de ses hormones postnatales, c'est Cyndi qui nous a avoué que son mari serait effondré si Maddy et moi ne pouvions pas venir. De toute façon, j'ai hâte de rencontrer Jackson, mon premier neveu, et je n'oublie pas que mon frère a payé quatre cent mille dollars pour nous sauver, ma meilleure amie et moi. La moindre des choses est de fêter Thanksgiving avec lui.

Je trouve Mace et Rachel assis face au miroir, dans une des luxueuses salles de bains du loft. Elle est énorme. Je n'en reviens pas qu'Anton ait un appartement aussi grand pour Heather et lui.

— Salut, alors on vous fait beaux pour la caméra ?

Rachel fronce les sourcils et m'étudie.

— Oui, mais pourquoi me maquille-t-on, moi ?

— C'est simplement au cas où on te filmerait en train de parler à Mason, ou au cas où on te poserait une ou deux questions.

J'avance derrière Mason, prête à changer de sujet.

— Dis donc, frérot, t'es beau gosse quand tu veux ! je dis en lui donnant un coup de poing dans l'épaule.

— Aïe ! grogne-t-il en se massant le bras. Je t'aime aussi, Mia. Tu vois comment elle me traite, Rach ? Elle n'a vraiment aucun respect.

Je devrais révéler à la presse quelque chose de dégueulasse à propos du mois que j'ai passé avec elle. Un truc du genre…

Il se gratte le menton, faisant mine d'y réfléchir, puis il claque dans ses doigts et désigne mon reflet dans le miroir.

— … qu'elle s'est curé le nez et qu'elle a essuyé son doigt sur mon mur.

— Beurk ! C'est affreux, je m'exclame en écarquillant les yeux. Tu ne ferais pas ça !

— Absolument, alors ne me tente pas et arrête de me taper ! dit-il en se frottant de nouveau le bras.

— Chochotte !

— Ça suffit, tous les deux. Un peu de sérieux, gronde Rachel, essayant d'être autoritaire alors qu'elle fait la moue pour qu'on lui mette du rouge à lèvres. Mia, les questions sont prêtes ? Je voudrais y jeter un œil.

Mince ! Il n'est pas facile de cacher ce genre de choses à la chargée de relations presse de la star qu'on est sur le point d'interroger ! Je regarde Mason, qui hausse les sourcils.

— Euh, ouais, mais…

J'essaie de trouver une raison de ne pas lui montrer, tout en changeant de sujet.

— Rach, bébé, je les ai déjà validées.

— Quoi ? C'est mon job !

— Bébé…

Il la regarde tendrement et lui prend la main.

— C'est Mia. Elle ne va rien demander d'indiscret, et tu t'occupais de cet enfoiré des boissons Power Up, tu te souviens ?

— Oh ! Ce mec était vraiment une perte de temps. Tu sais qu'il voulait que tu sois gratos le porte-parole de leur deuxième série ? Et c'était même pas pour une œuvre caritative ! s'indigne-t-elle. Ils pensaient qu'ils étaient assez puissants pour ne pas avoir à te payer pour chaque pub. Quel porc ! chuchote-t-elle.

Je profite de leur conversation pour m'éclipser.

— À tout de suite, les enfants. Les mecs, vous en avez pour combien de temps, à votre avis ?

— Environ cinq minutes, répond un des maquilleurs en coiffant Mason.

— Moi aussi, ajoute celui qui met du blush à Rachel.

— Parfait.

— Suivez-moi, me dit Kathy, on va vous mettre votre micro.

*

— Bonjour, et bienvenue à *Dites Merci*, un sujet très spécial de *Vivre en Beauté*. Aujourd'hui, notre invité n'est nul autre que le joueur de base-ball professionnel, Mason Murphy !

Je me tourne vers la causeuse en cuir blanc sur laquelle il est assis, aussi détendu que s'il était chez lui.

— Mason, merci d'être avec nous aujourd'hui.

— Tu sais bien que je ferais n'importe quoi pour toi, ma douce, répond-il avec un clin d'œil.

Je souris en reculant dans mon fauteuil.

— Toujours aussi charmeur, à ce que je vois.

— Seulement avec toi, puisque tu as brisé mon cœur.

Voilà quelque chose que je n'avais pas prévu, mais il est vrai qu'aux yeux du public, je suis sortie avec Mason pendant un mois, en avril.

— Tu es affreux, tu sais bien que c'est faux !

— Mais non, nous sommes de bons amis, admet-il à la caméra.

— Exactement. Et puisqu'on est amis, j'aimerais faire découvrir à tes fans et aux fans du Docteur Hoffman un côté de toi qu'ils ne connaissent pas déjà. Ça te tente ?

— C'est parti, répond-il calmement.

Il allonge les bras sur le dossier du canapé et croise les jambes en posant une cheville sur le genou opposé. Sa posture indique qu'il est détendu et confortable, et c'est justement le côté que je veux montrer au monde entier.

— Ok. Alors, ma première question c'est : qu'as-tu prévu pour Thanksgiving ?

Il frotte sa joue et sourit.

— Je vais passer du temps avec ma famille. Les fêtes comptent beaucoup pour mes frères et mon père, alors on fait notre maximum pour les passer ensemble.

— Ça a l'air chouette.

— Ça l'est, mais ce qui est encore mieux, cette année, c'est que je vais emmener ma fiancée.

Je sais que mon regard s'illumine comme un sapin de Noël, comme le sien lorsqu'il tourne la tête vers Rachel, dont les yeux sont rivés au sol.

— Est-ce que tu nous annonces tes fiançailles ? je demande, comme si j'apprenais la nouvelle.

— Oui, ma p'tite dame, répond Mason en hochant la tête. Tu devrais le savoir, puisque c'est toi qui as arrangé le coup ! dit-il en riant.

— C'est vrai, mais tu es resté très secret à ce sujet depuis que toi et moi sommes sortis ensemble en avril. Les gens vont être surpris, j'entends presque tous ces cœurs se briser à travers le pays.

— Je crois qu'il est temps que le monde entier sache que je suis prêt à m'engager.

— Eh bien, chers spectateurs, vous l'aurez appris ici. Mais ce n'est pas la fin des surprises, puisque Mason va nous faire l'honneur de nous présenter sa fiancée. Ce sera après une courte page de pub, restez avec nous !

— Coupez ! s'écrie le directeur.

Je bondis debout en souriant.

— C'est génial ! je m'exclame en cherchant Rachel pour voir sa réaction.

— Rach, viens ici, viens t'asseoir, dit Mason.

Rachel observait la scène sur le côté, l'air soucieux. Je devine qu'elle n'aime pas ce qui se passe et je sens son angoisse. Cependant, Mace et moi étions d'accord sur le fait qu'il était grand temps que le public comprenne que nous sommes de bons amis, et il en avait assez de garder leur relation secrète. Bien évidemment, des rumeurs circulent sur le fait qu'ils sont ensemble et des photos d'eux ont été publiées dans les magazines people, mais ils n'ont jamais rien confirmé.

— Qu'est-ce que tu fais ?

Elle saisit la main de Mason et il l'attire sur la causeuse à côté de lui.

— J'en ai marre de faire semblant. Dans un an, tu seras ma femme et je veux que le monde entier le sache. Je ne veux plus qu'on se cache ou qu'on nie la vérité. J'en ai assez. Une nouvelle année va bientôt commencer, et je veux que la saison prochaine, toutes les femmes sachent que je suis à toi. Mieux encore, je veux qu'elles sachent que tout ça, dit-il en désignant Rachel des pieds à la tête, est à moi.

— Je ne sais pas, dit-elle en secouant la tête et en se mordant la lèvre, clairement inquiète.

Il sourit et passe un bras autour de sa taille, l'attirant contre lui pour l'embrasser sur la joue.

— Eh bien moi je sais. C'est parti, Mia.

— Ça roule, Mace.

Le cameraman rallume sa machine et le directeur compte à rebours, de cinq jusqu'à un, sur sa main.

— Nous sommes de retour pour *Dites Merci*, la spéciale Thanksgiving du Docteur Hoffman. Je suis ici avec Mason Murphy, qui a récemment été élu meilleur lanceur de l'histoire du base-ball et qui a quelque chose à nous annoncer. Mason, peux-tu nous présenter la superbe femme qui est assise à tes côtés ?

Le cameraman se tourne vers mes amis.

— Bien sûr. Voici ma fiancée, Rachel Denton. Elle est ma chargée de relations presse et elle travaille pour mon équipe de communication. Je suis sûr qu'elle est furax contre nous d'avoir manigancé cette révélation dans son dos, mais je m'en fiche !

J'éclate de rire.

— Ne nous en veux pas, Rachel. Mason voulait te faire la surprise.

Elle sourit et rougit délicatement.

— Alors, Mason, tout le pays sait que tu es resté célibataire longtemps, qu'est-ce que ça fait d'avoir trouvé la perle rare ?

— Tu sais, Mia, je suis reconnaissant. Rachel est parfaite et elle me complète, et j'ai hâte qu'elle soit ma femme.

Je me lèche les lèvres et regarde Mason séduire le monde entier.

— Mason, maintenant que tu as brisé le cœur de toutes les femmes du pays, revenons au sujet de l'émission. Nous cherchons à savoir ce pour quoi nos amis célèbres sont reconnaissants. Tu as déjà mentionné ta fiancée, quoi d'autre ?

Mason recule dans le fauteuil et sourit d'un air pensif.

— Je suis reconnaissant d'avoir de bons amis, des fans géniaux et pour le sport en général. Je ne serais pas ici aujourd'hui sans mon amour pour le base-ball. Mais surtout, je suis reconnaissant pour la famille que j'ai, mon père, mes frères et ma nièce. En dehors de Rachel, ils sont tout pour moi.

— Merci, Mason, d'avoir annoncé tes fiançailles ici, aux fans de l'émission. Je vous souhaite tout le bonheur du monde.

— Et toi ? ajoute-t-il alors que les caméras continuent de filmer.

Je balaie la pièce du regard avant de remarquer le sourire narquois de Mason.

— Pardon ?

Rachel sourit d'un air satisfait. Ces deux sont vraiment faits l'un pour l'autre.

— Dis-moi si je me trompe, mais je crois que ce n'est pas n'importe quelle bague à ton doigt, si ? demande Rachel d'une voix doucereuse.

— Mais oui, Mia, n'aurais-tu pas une nouvelle à annoncer, toi aussi ? ajoute Mason.

Mon Dieu ! Quel enfoiré ! Je me mets à transpirer et je sens des gouttes de sueur couler dans mon dos. Soudain, les projecteurs me donnent l'impression d'être dans une salle d'interrogatoire.

— Euh…

Je souris en regardant ma bague et je me sens incapable de nier la meilleure chose qui me soit arrivée. Je suis en train de réfléchir à ma réponse, prête à arrêter la caméra pour refilmer la scène, quand je lève la tête, comme attirée par une force invisible. L'air semble se charger de tension et je trouve les yeux de celui avec qui je vais passer ma vie.

Comme si c'était prévu, Wes apparaît debout à côté de Mason et me tend les mains. Je lui donne les miennes, et il m'attire dans ses bras. Je n'ai pas le temps de dire quoi que ce soit, car il pose une main sur ma joue et m'embrasse tendrement

— Bonjour ma chérie, dit Wes.

Ses yeux sont rieurs. Il est vêtu d'un pantalon de costume noir, d'une chemise blanche, d'une veste grise, et il est canon.

— Euh… tout le monde… je commence en inspirant et en regardant la caméra… voici Weston Channing, mon fiancé, j'annonce en souriant.

Wes est radieux lorsqu'il prend ma main avant de faire coucou à la caméra. Je crois que j'ai perdu le contrôle de ma propre émission.

— Voilà qui est intéressant, dit Mace. Alors dis-nous, Mia, de quoi es-tu reconnaissante, cette année ?

Je n'arrive pas à quitter des yeux l'homme que j'aime.

— Wes, je soupire. Je suis reconnaissante pour tant de choses, ma sœur, mon frère, mon père, ma meilleure amie et tous les nouveaux amis qui m'aiment. En fait, je crois que ce que je dois remercier cette année, c'est l'amour. Sous toutes ses formes.

— Je t'aime, Mia Saunders, et j'ai hâte que tu sois ma femme, dit Wes en regardant la caméra.

Les paparazzis qui campent devant notre maison de Malibu ou devant les bureaux de Century Production, et qui sont prêts à tout pour avoir des infos sur le kidnapping de Wes, sur son film en suspens, sur Gina DeLuca et tout le reste, vont être dégoûtés que la nouvelle soit annoncée dans mon émission plutôt que dans leurs magazines.

D'ailleurs, cela me fait penser que comme le sujet sera diffusé vendredi, mieux vaut annoncer la nouvelle à ses parents dès aujourd'hui.

Wes me tourne vers la caméra et je reviens sur terre, faisant de mon mieux pour réciter mon dialogue de fin, de telle sorte qu'on n'ait pas à refilmer la scène.

— Je remercie encore une fois notre invité, Mason Murphy, et sa fiancée, Rachel, de nous avoir fait part de leur heureuse nouvelle. Je crois pouvoir dire au nom du Docteur Hoffman que vous êtes les bienvenus dans notre émission chaque fois que vous avez une annonce à faire, je dis en souriant. Chers spectateurs, n'oubliez pas d'être reconnaissants de toutes les bonnes choses qui vous arrivent. Moi, je n'oublie jamais, je dis en prenant mon homme dans mes bras.

J'appuie mon front contre le sien et le directeur crie « coupez » juste avant que Wes ne s'empare de ma bouche.

L'homme de ma vie a déclaré qu'il m'aimait à la télé, devant tout le pays. Comment suis-je censée faire mieux que ça ?

Chapitre 5

— Qu'est-ce que tu fais ici et qu'est-ce que tu viens de faire ? je gronde en me collant contre Wes.

Même en colère, je ne peux m'empêcher de plaquer mon corps contre le sien, plus large, plus sexy et bien plus musclé que le mien.

— Mia, détends-toi répond-il en riant. Mason m'a parlé de votre projet d'annoncer au monde entier qu'il épousait la femme de sa vie, et je me suis dit… moi aussi, j'en ai envie ! On n'a aucune raison de garder la nouvelle secrète.

Je mords ma lèvre inférieure et plonge mon regard dans le sien.

— Mais, mais… et les paparazzis ? Ça fait des semaines qu'ils te harcèlent. Ça ne va pas leur donner encore plus de raisons de te courir après ?

J'ai peur que Wes n'ait fait une énorme erreur. Je peux rectifier le tir en refilmant la fin du sujet, même si sa déclaration ferait exploser nos records d'audience. La santé et le bien-être de Wes ne méritent pas d'être mis en danger pour quelques millions de spectateurs supplémentaires.

— Mia, justement, ça aura l'effet inverse. Ça va leur donner une nouvelle joyeuse à décortiquer plutôt que le cauchemar que j'ai vécu en Indonésie. Gina arrive tout juste à survivre, et tu sais pourquoi ?

Il me suffit d'entendre son nom pour que mes poils se hérissent. Cependant, je serre les dents et fais comme si ça ne m'affectait pas le moins du monde.

— Non, pourquoi ?

— Parce qu'elle n'a pas la possibilité de se blottir dans les bras de la personne qu'elle aime tous les soirs. Moi oui, et je veux que la terre entière le sache. Je veux donner aux paparazzis une histoire plus forte et plus belle.

Je n'ai aucun problème à passer la journée à répondre à des milliers de questions concernant mon amour pour toi.

Je soupire, réalisant de nouveau combien il a changé en dix mois. En janvier, il ne pensait qu'à son travail et au film qu'il préparait, mais maintenant il ne semble plus y avoir que moi.

— Si tu crois que ça peut t'aider à guérir, alors je suis à fond derrière toi, main dans la main, je réponds.

— Tant mieux, répond-il en souriant, parce qu'on a une interview avec le magazine *People*, cet après-midi.

J'écarquille les yeux.

— Je ne vais pas parler seulement de nous, s'empresse-t-il de préciser. Je veux aussi parler un peu de ce qui s'est passé là-bas et de ma thérapie. Peut-être que ça peut aider d'autres gens qui souffrent de stress post-traumatique et leur faire comprendre que ce qu'ils ont subi ne les définit pas, que c'est seulement quelque chose qui leur est arrivé.

Une mèche tombe sur ses yeux et je la repousse en arrière, repensant à notre séparation forcée. Mon Dieu, je ne sais pas ce que j'aurais fait s'il n'était pas rentré. Je ne serais pas ici sans lui, c'est clair, et je ne serais pas aussi heureuse. Je me surprends chaque jour à constater combien j'aime ma vie et à quel point ma situation a changé depuis janvier.

Je me mets sur la pointe des pieds pour l'embrasser et déverse tout mon amour dans mon baiser. Je suis fière de tout ce qu'il fait pour guérir, de notre relation féerique et de notre amour. Parfois, je l'aime si fort que je ne sais l'exprimer. Mais là, devant toute l'équipe, devant Mason et Rachel et tous les autres, je l'embrasse de tout mon cœur. Il grogne dans ma bouche et me penche légèrement en arrière, suscitant les applaudissements de toute la pièce.

— Bon sang, *Lucita*, la fête a commencé sans moi ou quoi ? Je suis censé faire la queue ? Tu distribues des *besos* ? Si oui, je veux être le suivant !

La grosse voix d'Anton me surprend et je romps le baiser, riant contre les lèvres de Wes, qui fronce les sourcils avant de sourire également, me montrant qu'il s'est fait à l'incorrigible Anton et à son penchant démesuré pour la gent féminine.

— La fête a commencé il y a deux heures, donc tu es en retard, oui. Qu'est-ce que tu as fait hier soir ?

Il dégaine ce sourire sexy qui fait mouiller toutes les femmes.

— Je crois que la véritable question est qui je me suis fait hier soir ? répond-il en jouant des sourcils.

Je soupire en secouant la tête.

— Allez, on va commencer. Kathy va te mettre un micro.

— Pas de *beso*, alors ? dit-il en faisant la moue.

— Absolument pas, grogne Wes. Et si tu veux garder ta bouche intacte, garde tes commentaires pour toi, tu veux ?

Anton joint les mains sur sa poitrine, penche la tête en arrière et éclate de rire comme une hyène.

— Désolé, *amigo*, ne le prends pas mal. J'aime que tu sois aussi protecteur avec notre Mia.

— Tu veux dire ma Mia, Anton. Fais gaffe à ce que tu dis si tu ne veux pas avoir d'ennuis, aboie-t-il d'une voix sèche.

Bon sang, il n'a aucune raison de se mettre dans un tel état.

— Wes, détends-toi… Anton plaisante, bon sang !

Je n'arrive pas à me faire à cette jalousie.

Je déteste le voir douter de tous les mecs avec qui je discute, comme s'ils voulaient tous me sauter dessus. Hier soir, il s'est énervé contre un serveur qui, selon lui, avait maté mes seins. Comme si c'était anormal ! J'ai une poitrine énorme, je suis tellement habituée à ce que les mecs la regardent que je le remarque davantage quand un homme ne parle pas à mes nichons.

— Weston, *amigo*, je suis content pour toi et Mia. Je suis fou de joie de voir qu'elle a trouvé l'amour de sa vie, et je vois que tu es fou d'elle. Je l'adore, mais c'est une *amiga*, rien de plus. Ta fiancée fait ressortir mon côté stupide, tu comprends, *si* ?

Wes soupire lentement et je le vois se détendre. Il ferme les yeux et baisse un peu la tête.

— Je suis désolé, Anton. Je ne sais pas ce qui m'arrive. Même ses amis me rendent jaloux. Pardonne-moi, tu veux ?

Wes est sincère et je sais qu'Anton lui pardonnera immédiatement, il n'est pas du genre rancunier.

— Ah, *no problemo*. Maintenant, *muñeca*, où tu me veux pour cette interview ?

— Euh, commençons dans la pièce avec tout l'art portoricain.

— Ça roule, on se retrouve là-bas.

J'attends qu'Anton soit parti et je saisis Wes par la main pour l'emmener au fond du penthouse, dans le salon d'Anton. J'ouvre la porte et le laisse entrer avant moi.

Des milliers d'émotions se disputent la première place dans mon cœur, et je ne connais qu'une façon de m'en débarrasser rapidement. Entre sa déclaration d'amour télévisée et sa jalousie d'homme de Cro-Magnon, mon corps picote d'excitation, de joie, de colère, de peur, d'angoisse, et de tout un tas d'autres choses.

J'ai à peine fermé la porte derrière nous que je me jette sur lui. Il ouvre la bouche pour dire quelque chose, mais je plonge ma langue dans sa bouche. Enfin ! Je gémis lorsqu'il empoigne mes fesses et je suce sa lèvre inférieure en le poussant en arrière pour le faire asseoir sur un banc molletonné. Je ne sais s'il sert de repose-pieds ou de siège devant la cheminée mais peu importe, je sais à quoi je vais l'utiliser. Connaissant Anton, il me féliciterait.

— Oh, doucement chérie, qu'est-ce qui se passe ? Je croyais que tu allais m'engueuler parce que je me suis comporté comme un enfoiré avec ton ami ? Je suis désolé, je ne sais pas ce qui m'a pris.

Je m'en contrefiche. Honnêtement, la seule chose qui m'intéresse est de défaire sa ceinture. Je remonte ma jupe et Wes ouvre puis referme la bouche, les yeux rivés entre mes jambes. Je porte des bas noirs et un string en dentelle assorti.

— Je n'ai pas beaucoup de temps, mais j'ai envie de toi. J'en ai besoin, ici, maintenant. Alors, dégaine.

Il me regarde comme un donut au chocolat à côté de sa tasse de café.

— Bon sang, j'épouse la femme parfaite.

Il défait sa ceinture et sa braguette, puis il baisse juste assez son boxer pour révéler son érection. Il la caresse jusqu'à ce qu'une goutte de liquide préséminal jaillisse sur son gland et que sa verge atteigne sa taille maximale. Je m'agenouille sur le banc, à côté de lui, et me penche pour lécher son sexe et le prendre dans ma bouche.

— Putain, oui, grogne-t-il.

Je suis sur le point de me mettre dans une meilleure position lorsqu'une bouffée de chaleur explose sur ma fesse une fois, deux fois, trois fois.

— Je t'interdis de me sucer, grogne-t-il en empoignant mes cheveux pour reculer ma tête.

Mince, le styliste va être furax.

Je gémis en admirant sa verge si dure et si prête pour moi. Wes pose ses mains à plat sur le banc, derrière lui, et il me toise du regard.

— Chevauche-moi. Prends-moi jusqu'à la base, prends-moi complètement en toi.

Je suis ravie de lui obéir. Je pousse mon string de côté et positionne son gland entre mes lèvres. Lentement, je m'assois sur lui, centimètre par centimètre, étirée et comblée par sa verge épaisse. Lorsqu'il est entièrement en moi, que mes fesses sont contre la peau douce de ses couilles et que je sens sa braguette ouverte sur ma peau, je me penche en arrière.

— Je veux te voir prendre ce dont tu as besoin, chérie. Maintenant bouge, dit-il d'une voix grave et rauque.

J'appuie mes mains sur ses genoux et j'utilise la force de mes jambes et de mes pieds, par terre, pour me lever et me rasseoir sur lui. Tête baissée, je regarde sa verge disparaître en moi, et ça m'excite encore plus. Plus je regarde, plus je mouille, et plus mes mouvements sont brusques. Wes grogne à chaque va-et-vient et j'oublie tout, je n'ai conscience que de sa chair glissant dans la mienne, remplissant mon corps. Chaque aller est un plaisir paradisiaque, et chaque retour un supplice.

— Regarde ça, c'est magnifique. Tu te masturbes sur ma queue et ça me fait bander encore plus ! Je vais éjaculer si fort et si loin en toi que tu me sentiras pendant des jours, gronde-t-il en saisissant mes hanches.

Je gémis en l'entendant, folle de plaisir, et je me mets à faire des bruits animaux, gutturaux, comme le sifflement d'un chat enragé.

— Oh oui, tu es à deux doigts de jouir, je l'entends, murmure Wes. Si je pouvais être dans deux endroits à la fois, je sucerais ton clito si fort que toute la ville t'entendrait hurler.

Il porte son pouce à ma bouche et me regarde dans les yeux.

— Lèche-le.

Je fais ce qu'il me dit, prenant son doigt salé dans ma bouche, tournant ma langue dessus avant de le mordre. Il sourit et j'en perds la tête. Je me soulève et me rassois aussi fort que possible avant de me frotter contre lui, dessinant des cercles avec mes hanches, obnubilée par mon besoin d'atteindre le septième ciel. Wes retient son souffle en sifflant. Il est enfoui profondément en moi, comme si sa queue me transperçait jusqu'au cœur, et c'est exquis.

— Tu veux que je déclenche ton orgasme ? Que je te fasse hurler ?

Son désir transforme son visage, et ses yeux sont presque noirs. Sa bouche est rouge, enflée et mouillée. Je secoue la tête, car si je meurs d'envie de hurler, je ne le peux pas alors que la pièce d'à côté est pleine de gens. Cela dit, ils doivent déjà savoir ce qu'on fait et, étonnamment, ça rend les choses encore plus excitantes.

— Très bien, chérie, je sais ce dont tu as besoin.

Il pose son pouce sur mon clito et le frotte de bas en haut aussi vite que possible. Je serre ses hanches entre mes cuisses alors qu'un orgasme gigantesque s'abat sur moi. Un cri m'échappe, mais il l'avale en m'embrassant, dévorant mon éclat de voix comme s'il était dans son droit, et il l'est. J'ai à peine joui qu'il me relève et échange nos places. Je suis désormais dos à lui, à genoux sur le banc. Il baisse mon string, écarte mes fesses et me prend par-derrière.

— Wes !

L'intrusion est intense. Mes genoux étant rapprochés, je suis beaucoup plus serrée et le sexe de Wes est épais. Il se penche sur mon dos et chuchote dans mon oreille.

— Si tu ne veux pas que le monde entier sache ce qui se passe dans cette pièce, je te suggère de ne pas faire de bruit.

— Mais je ne peux pas !

Je remue les fesses pour l'obliger à bouger. Je viens de jouir, mais cette nouvelle position est délicieuse. J'ai encore envie de lui. J'ai toujours envie de lui.

Il mordille mon cou et mon épaule.

— D'accord, très bien, dit-il sans bouger pour autant.

J'entends un cliquètement métallique, et Wes me tend sa ceinture en cuir.

— Mords-la, dit-il en la tenant devant ma tête.

Je viens tout juste de fermer la bouche, sa ceinture entre les dents, qu'il se retire jusqu'au gland et s'arrête.

— Je ne vais pas y aller de main morte, Mia.

Quand Wes me prévient qu'il va être brusque, il ne plaisante pas. J'ai tout juste le temps de serrer la mâchoire, et de m'agripper au banc, que mon corps tout entier est projeté en avant, propulsé par la force de son coup de bassin. Je pousse un grognement, mais je ne crie pas.

— Oh oui, c'est parfait, dit-il en empoignant mes fesses.

Il les frappe plusieurs fois, jusqu'à ce que je mouille tellement que des gouttes coulent entre mes cuisses. Mon cul est en feu, mais ça ne fait que m'exciter davantage. Je perds la tête, comme toujours avec Wes, perdue dans un brouillard de désir intense et envoûtant. Il saisit une hanche dans une main et une épaule dans l'autre et il accélère encore plus. Quelque part, au loin, j'entends des coups à la porte, mais je m'en fiche, et Wes aussi. Tout ce qui compte, c'est la queue de mon homme qui me frappe et me fait voir des étoiles.

Je mords sa ceinture alors que chacune de mes cellules se met à picoter, électrifiée. Quand Wes est sur le point d'éjaculer, il passe une main entre mes jambes et pose deux doigts sur mon clitoris, me faisant jouir pour la deuxième fois. Je me contracte sur lui, le pressant de toutes mes forces, et il plaque mon dos contre sa poitrine. Enfoui aussi profond que possible, il remue son sexe en moi et je le vide de sa semence. C'est magnifique.

Je cherche mon souffle pendant que Wes me caresse tendrement, me ramenant à la réalité avec une douceur infinie, comme toujours après qu'on a fait l'amour. J'adore.

— C'était une super-idée, mais on a frappé deux fois à la porte. J'ai entendu Anton l'ouvrir, passer la tête dedans et la refermer aussitôt avant d'annoncer une pause de vingt minutes, dit-il en riant contre ma nuque trempée.

Merde, je vais devoir changer de chemise.

— Tu me rends folle, je dis quand ma respiration s'est calmée. Tu vas devoir cesser de me surprendre avec tes déclarations romantiques et ta jalousie mal placée parce que ça m'excite vraiment trop. Il faut bien que l'un de nous soit responsable.

Je le pousse pour qu'il recule, même si je pourrais rester comme ça pendant des heures. Hélas, j'ai un travail à faire.

Wes se retire en riant, puis il me dit de ne pas bouger. Un chiffon apparaît comme par magie entre mes jambes et il m'essuie délicatement.

— Voilà, tu es aussi propre que possible, étant donné la situation.

Je me relève, remonte mon string et baisse ma jupe. Je sens que mes cheveux sont décoiffés à l'arrière, là où il les a empoignés. Mes fesses sont en feu et mon entrejambe est gonflé et douloureux lorsque je serre les cuisses.

— Merde, je viens de prendre mon pied et je suis censée tourner un sujet. Il y a une vingtaine de personnes qui m'attendent derrière cette porte. Qu'est-ce que je fous, bon sang ? je m'exclame en passant ma main dans mes cheveux, essayant de me recoiffer.

Wes sourit, remonte sa braguette et reprend sa ceinture. Du bout du doigt, il suit la marque de mes dents.

— C'est la chose la plus excitante que j'ai vue de toute ma vie. Je vais la porter tous les jours, annonce-t-il d'un ton satisfait.

Quant à moi, je suis loin d'être ravie.

— Tu n'étais pas obligé de me prendre ici ! je m'exclame. Bon sang, je pourrais perdre mon job !

— Mia, c'est toi qui as commencé, et tu ne vas pas te faire virer, dit-il en remettant sa ceinture. Tu leur rapportes beaucoup trop d'argent, et tu as quelque chose que tous les autres sujets de l'émission n'ont pas.

Je pose une main sur ma taille, me déhanche et le fusille du regard.

— Ah bon ? Quoi ?

— Moi, répond-il en souriant.

Depuis qu'il est revenu, ses sourires sont de plus en plus fréquents, ce qui me laisse croire qu'il guérit peu à peu.

— Et en quoi ça m'aide ? je demande alors que je connais la réponse.

— Tu plaisantes ? ricane-t-il. Mes films ont été récompensés plusieurs fois. N'oublie pas que je t'aide pour le montage.

Je fais mine d'y réfléchir un instant, comme si je ne savais pas que son talent me rend très convoitée dans le milieu audiovisuel, et auprès du Docteur Hoffman. D'ailleurs, notre duo a tant de succès que d'autres chaînes s'intéressent à nous. On m'a même proposé d'avoir ma propre émission. Wes et moi étudions les différentes options qui s'offrent à nous, pesant le pour et le contre de chacune, cherchant celle qui s'adapte le mieux à notre train de vie. Cela dit, je suis liée au Docteur Hoffman jusqu'à la fin de l'année et pour une partie de l'année prochaine, donc nous avons le temps d'y réfléchir.

— Dis, ça va les chevilles ? je ricane.

— Tu ne perds rien pour attendre, répond-il en secouant la tête.

— Promis ? je rétorque en riant.

— Promis. Mais ce sera quand tu t'y attendras le moins.

— Tu veux dire comme maintenant ?

Il éclate de rire et m'attire contre lui avant de m'embrasser.

— Allez viens. On va affronter l'équipe. Je pense leur payer ma tournée de bières et de pizzas quand le tournage sera fini.

— Ça devrait aider !

J'apprends à connaître mon équipe peu à peu, ils ont tous l'air cool, du genre à vouloir regarder un bon match de base-ball en buvant une bière et en racontant des blagues. L'idée de Wes est parfaite.

*

— Bienvenue, Anton Santiago, connu sous le nom du Latin Lover. Une des raisons pour lesquelles le public me connaît, c'est que j'ai joué un rôle dans un de tes clips, cette année. Je crois comprendre, d'ailleurs, que ce morceau a bien fonctionné, n'est-ce pas ?

— Absolument. Et pour une fois, les hommes ont adoré autant que les femmes parce qu'ils t'ont vue dans un rôle de tentatrice.

Je ne peux m'empêcher de rougir. Comme souvent, Anton préfère mettre les autres en avant plutôt que lui-même.

— Merci, je dois admettre que mon fiancé a adoré, lui aussi, je réponds en lançant un clin d'œil à Wes pour lui prouver que je suis prête à montrer mon amour en public.

Anton éclate de rire.

— Je sais qu'on t'a posé cette question des dizaines de fois, mais pourquoi Latin Lover ?

Il regarde la caméra et dégaine la moue qui fera baver toutes les spectatrices.

— J'adore les femmes, quelles que soient leur taille et leur allure, et je suis d'origine portoricaine, alors il suffit de mettre les deux ensemble et *perfecto*, Latin Lover !

Anton recule dans le canapé, tel un roi, ce qui lui va à ravir. Il est vêtu d'une chemise blanche, presque entièrement déboutonnée, d'un pantalon ample en coton et de mocassins en cuir marron. Une chaîne en or scintille sous la lumière, attirant l'attention sur son torse musclé. Je regarde ses yeux verts qui ressortent sur sa peau cacao, et je comprends pourquoi les femmes se jettent à ses pieds. Anton est canon. Toutefois, il a beau être beau gosse et sculpté comme une statue grecque, j'espère qu'il trouvera un jour le véritable amour.

— Maintenant que tu es célèbre et que tu as fait fortune, pour quoi ou à qui veux-tu dire merci, en cette fin d'année ?

Il penche la tête en arrière et regarde le plafond.

— Je suis content d'avoir un toit au-dessus de ma tête et le ventre plein. Je suis reconnaissant pour l'amitié et le soutien de ma manager, Heather Renee, pour l'amour de *mi mama* et de *mis hermanos*. Et, bien sûr, je veux aussi dire merci à tous mes fans. Mais tu sais, je veux te remercier toi, Mia, pour m'avoir évité de perdre une personne qui m'est chère. Je suis reconnaissant de t'avoir rencontrée et d'être ton ami.

Je ne peux retenir les larmes qui me montent aux yeux. Bien évidemment, c'est le moment que choisit le cameraman pour faire un gros plan sur moi. Je n'y suis pas préparée et quand je regarde l'objectif, une larme coule sur ma joue.

— C'était Anton Santiago, le Latin Lover, mon ami et le vôtre. Merci de nous avoir rejoints aujourd'hui, Anton. J'ai adoré discuter avec toi pour *Dites Merci*. Je te souhaite encore plein de succès, que ce soit pour la musique ou pour tes projets personnels.

Je me tourne vers le directeur et le reste de l'équipe.

— La séquence d'Anton est bouclée ! j'annonce en souriant.

Il ne nous reste plus qu'une séquence à tourner, et Wes et moi partirons pour Dallas, où nous passerons Thanksgiving avec mon frère, sa famille, ma sœur et son fiancé.

Chapitre 6

— Est-ce que tu vas me dire ce qu'on fait, à se les geler dans les rues de Manhattan, suivis par une équipe de tournage ?

Wes balance nos bras tandis que nous marchons main dans la main. La vie est belle. J'ai de nombreuses raisons d'être heureuse, et l'homme que je vais épouser est en tête de liste.

New York vrombit autour de nous. Des flocons volent dans les airs et fondent dès qu'ils touchent le sol. Il neige rarement à Las Vegas, et lorsque c'est le cas, il ne fait jamais assez froid pour que la neige recouvre le sol. Ici, j'ai l'impression d'être dans une carte postale.

— Je veux essayer quelque chose. Fais-moi confiance, ça devrait être marrant.

— Chérie, tu es la seule en qui j'ai confiance.

Il passe un bras dans mon dos et m'attire contre lui. Je sens la chaleur de son corps réchauffer le mien tandis que nous continuons de marcher, en route pour une destination inconnue. La ville est tout simplement magnifique. En dépit de la météo, il y a des gens partout, allant d'une porte à une autre, rentrant ou sortant de taxis jaunes qui apparaissent comme par magie dès que quelqu'un s'approche du bord d'un trottoir. Des dizaines d'odeurs différentes embaument l'air, provenant des nombreux stands de *streetfood*. Lorsque nous arrivons au Rockefeller Center, au cœur de Manhattan, je m'arrête devant la patinoire de plein air.

— On va s'arrêter là un moment, je dis en souriant à Wes, qui secoue la tête.

Mes trois collègues préparent le matériel pendant que je balaie la patinoire des yeux. Sur un côté, je vois un homme aider sa petite fille à lacer ses patins et je vais vers eux.

— Bonjour Monsieur, excusez-moi, je m'appelle Mia Saunders, et je fais des interviews pour l'émission du Docteur Hoffman. Je cherche à savoir de quoi les gens sont reconnaissants cette année.

L'homme se place devant sa fille, dans un geste automatique et protecteur.

— Oui, et alors ?

Je désigne les cameramen, l'ingé son et Wes derrière moi.

— Eh bien, je me demandais si vous me laisseriez vous interroger. Je n'aurai qu'une ou deux questions, j'essaie de filmer le quotidien des Américains pour le montrer au monde entier. Ce serait un beau cadeau pour votre petite fille de passer à la télé.

Je souris à la petite fille brune aux yeux marron. Elle porte un bonnet rouge dont dépassent de longs cheveux et ses joues sont rougies par le froid.

— Tu voudrais être à la télé, Anna ? demande- t-il en lui mettant un doigt sous son menton pour lever sa tête vers lui.

— Oui papa !

— Super ! je m'exclame en frappant dans mes mains. Dans ce cas, si vous pouviez venir ici, où nous avons installé la caméra, ce serait plus pratique !

La petite fille ne doit pas avoir plus de six ans et son père la prend dans ses bras pour lui éviter de marcher en patins.

— Alors, Monsieur…

— Pickering. Shaun Pickering.

Je mémorise son nom pour ne pas faire de bourde devant la caméra. Je ne veux pas les déranger trop longtemps, donc mieux vaut que je ne me trompe pas.

— Ok tout le monde, on est prêts ?

L'ingé son me donne un micro et une oreillette. Je finis de me préparer et pousse mes cheveux de part et d'autre de mon visage pour me protéger du froid – selon Wes mon bonnet me va très bien – et ajuste mon caban vert.

— C'est parti ? je demande à Shaun.

Il hoche la tête et fait sauter sa fille sur sa hanche.

— Quand vous voulez.

Le cameraman compte à rebours depuis cinq.

— Je suis ici avec Shaun Pickering et sa fille, Anna, en plein cœur de Manhattan, au Rockefeller Center, où ils se préparent à aller patiner, un des passe-temps préférés de nombreux

New-Yorkais. Merci, Shaun, de nous permettre d'interrompre votre journée.

— Je suis ravi de participer, répond-il en souriant.

— Ce que j'aimerais savoir, Shaun, avec l'approche de Thanksgiving : de quoi êtes-vous reconnaissant ?

Il regarde la caméra et serre fort sa fille dans ses bras.

— Je suis reconnaissant d'avoir Anna. Elle est tout ce qui me reste de ma défunte femme.

Je ne sais pas bien quoi répondre. Quelle est la bonne réponse à la perte d'un être cher ? « Toutes mes condoléances » ? Il a entendu ça des dizaines de fois.

Le cameraman continue de filmer, et Shaun me fait l'immense service de combler le blanc.

— Être un père célibataire n'est pas facile, mais cette petite fille, dit-il en frottant son nez contre celui d'Anna, me donne envie de me surpasser chaque jour.

Anna glousse et colle sa joue à celle de son père.

— Tu es tout froid, papa !

— Et toi, mademoiselle Anna, pour quoi es-tu reconnaissante ?

Elle tourne ses grands yeux vers l'objectif et le cameraman se rapproche.

— Pour mon papa ! C'est le meilleur papa du monde entier. Et il va m'emmener faire du patin et manger un hot-dog et il va m'acheter un soda même si Mamie dit que c'est pas bon !

Elle éclate de rire encore une fois, j'ai envie de la prendre dans mes bras pour l'embrasser.

— Dis donc, on dirait que tu as vraiment un super-papa.

— Le meilleur !

— Eh bien voilà, tout le monde. Merci à Shaun Pickering et à sa fille, Anna, de nous avoir dit merci !

Je m'arrête, souris à la caméra et attends qu'il me fasse signe que c'est dans la boîte.

— Vous avez été géniaux. Merci. Je suis ravie que vous nous ayez parlé, je dis en tendant la main au cameraman. Tu les as ?

Il me tend deux cartes Visa d'un montant de cent dollars.

— Voici un petit cadeau, j'espère que vous trouverez quelque chose qui vous fera plaisir.

— On ne l'a pas fait pour l'argent, dit Shaun en étudiant les cartes.

— Je sais, mais je vous suis reconnaissante de votre contribution. Profitez bien ! je m'exclame en souriant.

Des bras m'entourent par-derrière et je m'appuie contre le corps chaud de Wes, qui frotte son nez glacé juste derrière mon oreille, me faisant sursauter.

— C'était une super-idée, Mia. Et le cadeau est une belle attention.

— Eh bien, c'est agréable d'être surpris de temps en temps. Et puis, on n'a pas eu à payer pour interviewer Mason et Anton, alors j'ai décidé d'utiliser une partie du budget pour acheter des cartes cadeau Visa. Je les donnerai aux gens qu'on filmera, avec un peu de chance, ça égaiera leur journée.

Il me fait faire demi-tour et me serre plus fort contre lui.

— J'adore, Mia. Je t'aime.

Waouh. Wes semble avoir décidé de me dire qu'il m'aime plus souvent, et je ne crois pas m'en lasser.

— Merci ! Maintenant, allons à notre prochain lieu de tournage. Je me disais que l'Empire State Building serait marrant !

— J'ai compris ce que tu fais, ça y est, dit Wes en riant.

— Je visite la ville tout en travaillant. Pas mal, non ?

Il me plaque fort contre lui et m'embrasse langoureusement, longuement, délicieusement.

*

Main dans la main, Wes et moi arrivons avec l'équipe en haut de l'Empire State Building où je trouve un couple qui doit avoir environ quatre-vingts ans. Ils acceptent joyeusement de me laisser les interroger et quand tout est prêt et qu'ils sont debout, dos à la skyline new-yorkaise, nous démarrons.

— Je suis maintenant avec Xavier et Maria Figueroa, en haut de l'Empire State Building, un des endroits les plus connus du monde. Dites-moi, tous les deux, de quoi êtes-vous reconnaissants ?

L'homme porte la main de sa femme à sa bouche et l'embrasse.

— Je suis reconnaissant d'avoir ma femme, Maria. Cela fait soixante ans que nous sommes mariés. Elle m'a donné quatre fils dont je suis fier, elle a tenu la maison seule pendant seize ans quand j'étais dans l'armée et que j'ai combattu au Vietnam, et elle est restée à mes côtés pour le meilleur et pour le pire.

Il tourne la tête vers elle et pose une main tremblante sur sa joue.

— Tu es la femme de ma vie.

Il l'embrasse tendrement, provoquant quelques larmes sur les joues de sa femme. Quand ils se tournent de nouveau vers la caméra, il lui donne un mouchoir en tissu qu'elle a sans doute repassé pour lui, et elle essuie ses yeux en me souriant.

— Maria, ça ne va pas être facile de faire mieux, mais pouvez-vous me dire pourquoi vous êtes ici, en haut de l'Empire State Building, en cette belle journée ensoleillée et enneigée ?

Elle lisse ses cheveux rassemblés dans un chignon, et elle regarde au loin, au-delà de l'horizon.

— Nous venons ici tous les ans, une fois par an, le même jour.

— Et pourquoi ça ?

— C'est ici que Xavier m'a demandée en mariage, il y a plus de soixante ans. On habite en dehors de la ville, et tous les mois de novembre, en ce jour, nous venons dire merci. À l'un et à l'autre, et à la ville, pour nous avoir donné un si beau cadre de vie. Nous ne sommes pas riches, mais ce qui nous manque en confort moderne, nous le compensons en amour. N'est-ce pas, mon chéri ?

Elle se colle contre son mari qui passe son bras autour de sa taille.

— Absolument, mon amour.

*

— Alors, on est allés au Rockefeller Center et à l'Empire State Building, où va-t-on maintenant ? demande Wes quand nous montons dans notre minibus.

Je souris jusqu'aux oreilles et pose mes mains sur le dossier du siège devant moi. Je suis tellement excitée que je ne tiens pas en place.

— Ellis Island et la statue de la Liberté, bien sûr !

— Quelle touriste ! s'exclame Wes en levant les yeux au ciel.

Il prend ma main et l'embrasse, comme Xavier a embrassé celle de Maria.

— Absolument, et je n'en ai pas honte ! Je suis déjà venue ici, mais les circonstances n'étaient pas géniales.

Le souvenir d'Aaron et de ce qu'il m'a fait me font frissonner de dégoût. Wes le sent et secoue la tête.

— Plus jamais. Je te protégerai jusqu'à ma mort, Mia.

— Je sais. Je sais, dis-je en serrant sa main. Ne t'en fais pas. Ce voyage est génial. Je me suis fiancée à l'homme de mes rêves, dis-je en me frottant à lui pour détendre l'atmosphère, on a traîné avec mes super-amis, et je suis ici avec toi, à filmer des gens tout en visitant la ville. Quoi de mieux ?

— Tu as raison, soupire-t-il. C'est plutôt génial, je suis content d'être venu avec toi.

— Moi aussi.

*

Le minibus s'arrête sur le parking du ferry qui va à Liberty Island. Nous achetons nos tickets et passons la sécurité, ce qui prend plus de temps que je ne le pensais. Nous allons devoir finir nos interviews demain, or il ne nous reste plus que deux jours à New York et je voulais les passer seule avec mon mec. Hélas, ça semble compromis. Il est déjà quinze heures et il va bientôt faire nuit, ce qui n'est pas idéal si l'on veut de beaux arrière-plans. Le but de la séquence est qu'elle soit belle aussi, de faire voyager les spectateurs qui n'auront peut-être jamais la chance de voir New York. Jusqu'ici, ça marchait plutôt bien.

Sur le ferry, je décide de faire d'une pierre deux coups. Je remarque une femme blonde avec de magnifiques yeux bleus, debout sur le pont. Le vent fait voler ses cheveux dans tous les sens et elle regarde au loin, silencieuse, pensive. Je lui demande si elle accepterait de me parler et elle me répond avec un fort accent écossais qu'elle en serait ravie. Il s'avère qu'elle écrit des romans d'amour et qu'elle est venue pour une conférence. Elle avait un jour de libre, alors elle a décidé d'en profiter et de visiter New York.

Je prends le micro et m'appuie contre la rambarde alors que le ferry traverse les eaux d'Upper Bay.

— Les amis, je suis en direction de Liberty Island pour la première fois de ma vie, et j'ai rencontré cette charmante jeune femme. Janine Marr vient d'Écosse dans notre superbe pays pour le travail. Comment se passe votre première visite ? je lui demande.

— À merveille. J'adore les Américains et cette façon dont les gens sont toujours pressés d'arriver à destination, comme si la personne qu'ils allaient retrouver était la plus merveilleuse du monde.

Je souris en regardant la caméra. Je ne peux pas dire que je partage son enthousiasme pour la vie pressée des gens, mais j'aime son attitude positive.

— C'est une façon de voir les choses, oui. Je sais que vous rentrez en Écosse demain et que vous ne fêtez pas Thanksgiving là-bas, mais si c'était le cas, pour quoi souhaiteriez-vous dire merci ?

Janine regarde autour d'elle, s'arrêtant sur la statue, la skyline, puis la baie de New York.

— Je suis reconnaissante pour le monde qui nous entoure. Notre terre. Regardez-la, où qu'on soit, que ce soit à New York ou dans les collines verdoyantes qui entourent ma maison, en Écosse, la beauté est partout où l'on regarde.

Lorsque je finis de parler avec Janine, je prends sa carte de visite pour jeter un œil à ses romans, et je lui donne une carte cadeau. Il est temps de débarquer, mais avant que les touristes ne disparaissent en direction de la statue de la Liberté, j'arrête les Martin, une famille canadienne qui est à New York pour la première fois.

— Merci, Jacob et Amanda Lee Martin, de me permettre de vous filmer, vous et vos enfants, avant que vous ne rendiez visite à cette superbe dame. Tout d'abord, est-ce que vous pouvez dire à nos spectateurs d'où vous venez ?

Amanda tient sa fille d'environ deux ans sur sa hanche tandis que son mari plaque les jumeaux contre lui.

— On vient d'Ottawa, au Canada, dit-elle fièrement.

— Est-ce que votre voyage vous plaît, jusqu'à maintenant ?

— Absolument, même s'il n'est pas facile de visiter une ville aussi grande avec nos deux garnements et notre petite fille, répond Jacob en riant.

— Je n'en doute pas ! Il y a plein de choses à voir, c'est clair. Vous êtes prêts à découvrir notre superbe statue, les garçons ?

Ils lèvent un petit poing en l'air en poussant un cri synchronisé.

— Alors, c'est parfait. Dites-moi Amanda, de quoi êtes-vous reconnaissante, cette année ?

Ses yeux caramel se remplissent d'émotion, et elle sourit.

— Pour ma famille. Ils sont tout ce dont j'ai besoin.

Je souris et tends le micro à son mari.

— Et vous, Jacob ?

— La même chose, dit-il en haussant les épaules. Je suis comblé par ma femme et nos enfants.

Je sais ce que nos spectateurs voudront savoir, alors je m'accroupis devant les jumeaux.

— Et toi ?

— Les bonbons ! s'exclame-t-il d'une voix aiguë.

— C'est une très bonne réponse, je dis en riant. Et toi ?

— Mon vélo. J'adore mon vélo. Il est trop cool et il a un éclair sur le devant, dit-il simplement, faisant rire tous les adultes.

Je me relève et j'approche le micro de la petite fille aux superbes joues potelées.

— Et toi, ma puce. À qui ou à quoi tu veux dire merci ?

Au lieu de répondre, elle fourre son éléphant rose dans mon visage, devant la caméra.

— Tu veux dire merci à ton éléphant ?

Elle hoche la tête avant d'enfouir son visage dans le cou de sa mère.

— Eh bien, merci au clan Martin de nous avoir dit merci !

Les Martin sont plus que reconnaissants pour les cinq cents dollars en carte Visa. Ils me confient que ce voyage était un rêve, mais que leurs économies en ont pris un sacré coup. Cet argent va leur permettre de préparer leur prochain voyage de rêve.

Je décide de faire la dernière interview dans le grand hall d'Ellis Island. J'y trouve un homme âgé, debout à côté de deux autres hommes, dont l'un tient la main d'un garçon de huit ou neuf ans.

— Excusez-moi, est-ce que cela vous dérangerait que je vous interroge pour une séquence télévisée ? Il s'agit de dire ce pour quoi on est reconnaissant à Thanksgiving.

L'un d'eux parle en allemand au plus âgé, qui hoche la tête.

— Oui, vous pouvez nous poser des questions, nous dit-il, et je traduirai à mon *opa*, mon grand-père.

Je passe quelques minutes à discuter avec eux et je découvre qu'ils représentent quatre générations de Kappmeier. Robert Kappmeier a plus de quatre-vingt-dix ans, mais il ne les fait pas. Son fils, Richard, a l'air en très bonne santé aussi et ne fait pas ses soixante ans non plus. Il y a ensuite Erik, quarante ans, et son fils, Nolan, huit ans. Quand j'apprends pourquoi ils sont ici, je ne peux retenir mes larmes. Wes caresse mon dos tandis que je fais de mon mieux pour réparer mon maquillage.

— Je suis donc à Ellis Island avec quatre générations de Kappmeier. Merci de vous être arrêtés pour me parler.

Je parle d'abord au plus âgé, Robert.

— Je vous remercie d'accepter de me parler, monsieur Kappmeier.

Il hoche la tête. Apparemment, après avoir pris sa retraite, il a décidé de ne parler que dans sa langue maternelle, même s'il parle bien l'anglais.

— D'après ce que votre fils et votre petit-fils m'ont dit, vous êtes arrivé à Ellis Island pour la première fois en 1949, à peine cinq ans avant qu'elle ne ferme en 1954.

Il répond en allemand et son fils traduit.

— Oui, c'était le plus beau jour de ma vie.

— Et pourquoi ça ?

— Parce que j'étais libre. L'Allemagne venait de survivre à la défaite des nazis, et le pays était déchiré. Beaucoup de membres de ma famille avaient été faits prisonniers. J'avais promis à ma mère, qui avait perdu mon père dans la guerre, que je trouverais un moyen d'être libre. Alors, j'ai quitté mon pays, ma maison, et je me suis construit une nouvelle vie ici, où j'étais en sécurité, où je pouvais travailler, aimer et fonder ma propre famille.

— Est-ce que vous diriez que vous êtes reconnaissants envers les États-Unis pour l'opportunité que vous avez eue ?

Il hoche la tête et prend ma main pour me rapprocher de son arrière-petit-fils, Nolan.

— Je suis reconnaissant pour ma liberté, celle de Richard, mon fils, pour la liberté d'Erik, mon petit-fils, et celle de Nolan, mon arrière-petit-fils. Voyez-vous, en tant qu'Américains, ils seront toujours libres.

Je les remercie de nous avoir raconté leur histoire et je leur donne les cartes cadeaux, qu'ils souhaitent offrir à une œuvre caritative.

Je regarde la caméra, les larmes aux yeux, et je décide que c'est la fin de la séquence.

— Aujourd'hui, vous avez donc entendu les gens de New York. Des familles, des pères célibataires, des touristes, et plusieurs générations d'Américains. Ils ont dit merci à leurs femmes, leurs maris, leurs enfants, leurs parents, au monde et, enfin, à la liberté que nous offre notre beau pays. J'aimerais que nous prenions quelques secondes pour remercier tous les vétérans, car c'est grâce à eux que nous sommes libres de dire merci à tout ceux qu'on aime aujourd'hui. J'aimerais que chacun d'entre vous remercie un proche, lui fasse part de sa joie ou de son amour. Mais surtout, je voudrais que vous soyez reconnaissants pour tout ce que vous avez. Il ne me reste plus qu'à vous dire merci d'avoir regardé cette séquence. Et jusqu'à la semaine prochaine, vivez en beauté !

Le cameraman a tout juste levé le pouce pour me dire que c'est dans la boîte que Wes m'empoigne par la taille et m'attire contre lui.

— Je suis tellement fier de toi, ma chérie. Cette séquence va toucher beaucoup de gens.

Je me blottis contre lui, gravant ce moment dans ma mémoire pour ne pas oublier les sentiments d'unité, d'amour et de compassion qui me comblent. Aujourd'hui, je suis fière de moi.

— Il faut fêter ça ! dit Wes en m'embrassant dans le cou avant de mordiller le lobe de mon oreille.

Une bouffée de chaleur m'envahit et picote entre mes jambes.

— Qu'est-ce que tu as en tête ? je demande en haussant un sourcil.

— Toi, moi, une bouteille de champagne, des fraises, de la chantilly et un lit douillet.

— J'étais déjà partante à toi et moi, je réponds en souriant.

Chapitre 7

Nous venons à peine de couper le moteur de notre voiture de location qu'une petite fille aux cheveux blonds dévale les marches du perron, les bras grands ouverts, son père derrière elle.

— Isabel, laisse ta tante sortir de la voiture, ma puce ! s'exclame mon frère.

Aussi excitée qu'elle, je bondis hors du véhicule pour attraper la fillette en plein vol.

— Tante Mia ! s'écrie-t-elle.

L'entendre m'appeler ainsi officiellement, consciente que nous sommes liées par le sang, est une des choses que je préfère. Je serre ma nièce dans mes bras, la laissant s'accrocher à moi comme un koala. Elle pose ses petites mains à plat sur mes joues.

— C'est moi qui suis la reine ! crie-t-elle.

— Ça marche, ma chérie, je réponds en riant. Tu veux dire bonjour à ton oncle Wes ?

Elle écarquille les yeux.

— J'ai un Tonton Wes ? demande-t-elle d'un air joyeux et excité.

Je la fais sauter dans mes bras pour la tenir sur une hanche.

— Ouaip !

Wes vient vers nous et serre sa petite main.

— Bonjour Isabel, je m'appelle Weston.

— Beurk, c'est bête comme prénom, dit-elle en souriant en coin.

— Bell ! gronde Max.

Je secoue la tête et le regarde en fronçant les sourcils. Isabel n'est qu'une enfant, sa remarque est innocente.

— Tu sais ce qui est encore plus bête ? répond Wes en riant.

Elle ferme la bouche et lève les yeux vers le ciel.

— Hmm, les hot-dogs ?

Wes et moi éclatons de rire alors que Max couvre sa bouche pour ne pas l'encourager en riant.

— Quoi ? s'exclame-t-elle d'un air indigné. Papa dit que ça veut dire « chien chaud ». Mais ça n'a rien à voir avec un chien, c'est une saucisse !

Je dois avouer que sa remarque est tout à fait logique.

— Tu n'as pas tort, concède Wes, mais je voulais dire que ce qui est bête, c'est qu'il y a un numéro dans mon nom !

Isabel ouvre la bouche et écarquille les yeux.

— Tu plaisantes !

— Pas du tout ! Mon vrai nom est Weston Charles Channing le Troisième, répond-il en levant trois doigts.

— Waouh. C'est… trop cool ! Papa, je peux avoir un numéro dans mon nom ? Je voudrais le cinq.

Cette fois, Max s'autorise à rire.

— Chérie, tu as déjà un prénom, et non, on ne peut pas y ajouter de chiffre. Tu veux le cinq parce que tu auras cinq ans en avril, tu peux attendre jusque-là ?

— Non papa, je ne pense pas, c'est trop long.

Elle fait une moue boudeuse et je l'embrasse sur la joue, respirant son odeur de sirop d'érable et de Crayola.

— Rentre, Bell, et dis à maman que ta tante et ton oncle sont là, d'accord ?

Elle agite les jambes et je l'ai à peine posée qu'elle court à toute vitesse dans la maison. Les enfants sont-ils vraiment obligés de courir partout ?

J'avance vers mon frère et me jette dans ses bras, le serrant contre moi aussi fort que possible. Il sent la lessive et le cuir, un parfum familier et réconfortant.

— Je suis content de te revoir, sucre d'orge. Ça compte beaucoup pour moi de t'avoir pour Thanksgiving, dit-il d'une voix rauque.

Je le sais, car Maxwell Cunningham est un père de famille avant tout. Il est plein aux as, mais il dirait que c'est l'amour de sa famille qui fait sa richesse, pas les millions sur son compte en banque.

— Maxwell Cunningham, je veux te présenter mon fiancé, Weston Channing.

Max sourit jusqu'aux oreilles et tend la main à Wes. Mon homme l'a à peine prise que Max le plaque contre lui, comme le font les mecs, et ils se tapent dans le dos.

— Je suis vraiment ravi de te rencontrer, frangin. Mia était morte d'angoisse quand tu as disparu. Tu dois être content d'être de retour aux États-Unis et de retrouver notre nana.

Je ne l'aurais jamais cru sans le voir, mais Wes rougit. Il secoue la tête, passe d'un pied sur l'autre et hoche la tête, gêné. Je remarque également qu'il ne reprend pas Max d'avoir dit « *notre* nana » comme il l'a fait avec Anton. Voilà qui est intéressant.

— Ouais, c'est génial d'être de retour. Je pensais à elle tous les jours, dit Wes en passant un bras autour de ma taille.

— Parfois, on doit traverser un enfer pour se rendre compte de notre chance. C'est ton cas, et j'en suis vraiment navré, mais je suis content que tu sois de retour au pays des hommes libres et courageux. Bienvenue sur mon ranch, dit mon frère.

Wes regarde autour de lui et son regard s'illumine.

— C'est magnifique. Toutes ces terres sont à toi ? demande-t-il en désignant les arbres au loin.

— Certaines appartiennent à Cunningham Oil & Gas, mais j'ai largement ce qu'il me faut. Tu vois la grange, là-bas, avec le « J » ? Ça, c'est le ranch des Jensen. Tu connais Aspen, bien sûr.

— Bon sang, j'avais oublié ! J'étais ici pour leur mariage, il y a deux ans. Mec, on a dû se rencontrer, dit-il à Max, qui rit en hochant la tête.

— Ouais, sans doute. Allez, entrez. Cyndi à hâte de te rencontrer, dit-il en montant les marches, mais Wes l'arrête.

— Et le terrain, là-bas ? demande Wes en arrêtant Max.

— Celui-là est à moi, aussi. J'ai vendu à Hank et Aspen les prés qui longent leur ranch quand ils se sont mariés, et ils ont promis de ne pas les vendre et de ne jamais construire dessus. J'ai aussi quelques hectares autour de chez moi. Il y a quelques vieilles maisons dessus, mais je ne sais pas s'il vaut mieux que je les démolisse ou que je les garde pour la famille.

Wes hoche la tête et empoigne l'épaule de Max.

— Tu devrais les garder pour la famille, dit-il.

— Je crois que tu as raison, répond Max avec un regard complice. Elles ont besoin d'être retapées, ajoute-t-il.

Je ne sais plus de quoi ils parlent et je les double, ennuyée par leur conversation. J'entends quand même Wes dire, avant d'ouvrir la porte :

— Le travail ne me fait pas peur.

Peut-être que ça devrait m'inquiéter, mais honnêtement, j'ai trop hâte de rencontrer mon neveu pour m'intéresser à des champs.

— Allez les mecs, je veux voir bébé Jack !

*

C'est officiel. Il n'y a rien de plus beau que de tenir un bébé de quelques semaines. Le plus cool, c'est que ses yeux ont l'air d'être verts comme les miens, ceux de Maddy et ceux de Max.

— Je crois qu'il pourrait être brun, je dis en regardant ses bouclettes brunes.

— Tu crois ? répond Cyndi en caressant sa tête.

Jack sent la présence de sa mère et se met à téter dans le vide en remuant la tête.

— Eh bien, quelqu'un a faim, on dirait, chantonne-t-elle en prenant Jack.

Elle prend un plaid sur le canapé, couvre son épaule et son bras, gigote, puis j'entends le bébé téter. Waouh, elle est rapide.

— Ça fait mal ? je demande.

— Je ne vais pas te mentir, Mia, ça fait un mal de chien les premiers jours. Tes tétons gonflent et se mettent à saigner, mais heureusement, la connexion que tu ressens avec ton bébé t'aide à supporter la torture.

— Torture ? je répète en déglutissant.

— Je te promets que ça en vaut la peine, me rassure-t-elle en souriant. À ce propos, je dois te féliciter, apparemment, dit-elle en regardant ma main gauche.

— Max ne t'avait rien dit ?

— Bien sûr que si, tu plaisantes ! Il a attendu deux secondes pour me le dire. En gros, il avait à peine raccroché qu'il criait la nouvelle à travers la maison. Il a réveillé Jack et Isabel de leurs siestes.

Je regarde autour de nous pour m'assurer que nous sommes seules.

— Si papa ne se réveille pas, je vais demander à Max de m'accompagner à l'autel.

Les yeux de Cyndi se remplissent de larmes.

— Il va être fou de joie, dit-elle.

— Oh non, ne pleure pas ! je m'exclame.

— Chérie, ce sont les hormones. Je pleure pour un rien. Hier, je regardais la télé et il y avait une pub pour un médicament contre les brûlures d'estomac. Il m'a suffi de repenser à celles que j'ai subies quand j'étais enceinte pour fondre en larmes. Mais je vais bien, ne t'en fais pas.

Waouh. La grossesse chamboule vraiment, on dirait. Je me demande comment je le vivrais, moi. J'imagine Weston tenir notre fils ou notre fille et je décide que oui, je supporterais n'importe quoi pour avoir le bébé de Wes dans mes bras.

— Vous allez vous arrêter là ou vous voulez d'autres enfants ? je demande alors qu'elle enlève le plaid et repose Jackson sur le canapé sans le réveiller.

— Non, je crois qu'on en aura encore deux.

— Deux ? ! Vous voulez quatre enfants ! je m'exclame en ouvrant grand les yeux.

— Max en veut six ! répond-elle en souriant, mais nous sommes parvenus à un compromis. Il veut une grande famille autour de lui. Il dit que ça lui donne l'impression de ne pas travailler pour rien, et il adore être accueilli par des cris d'enfants quand il rentre à la maison le soir. Il a l'intention de leur donner ton nom et celui de Maddy aussi, et je suis d'accord.

— Cyndi, vous avez déjà fait ça en donnant Saunders comme deuxième prénom à Jackson. Vous n'avez pas à donner nos prénoms à vos enfants. Vraiment.

— On veut que nos enfants connaissent leurs tantes et qu'ils sachent que leurs prénoms sont ceux de gens bien. Qui de mieux que leurs tantes ?

Des centaines d'autres personnes me viennent en tête, mais il ne sert à rien de rentrer en désaccord avec elle. J'ai très vite appris que quand Max et Cyndi ont décidé quelque chose, ils ne reculent devient rien ni personne. Ils veulent une famille et ils feront tout pour elle. C'est une autre raison pour laquelle je suis reconnaissante à cette année qui vient de s'écouler.

J'entends une voiture s'arrêter dans la cour puis les pas d'Isabel dans le couloir, annonçant l'arrivée de Maddy et Matt.

*

Wes et moi marchons main dans la main à travers les bois de mon frère.

— Max est un mec génial, dit Wes en ouvrant la voie pour contourner un tronc couché.

Je souris en lui serrant la main.

— Je suis d'accord, il est incroyable.

— Et ta sœur… waouh. C'est comme rencontrer l'exact opposé de toi, et en même temps vous êtes les mêmes, dit-il en fronçant les sourcils.

— Maddy n'est qu'amour. Elle a l'esprit libre, mais plutôt que d'être une hippie comme la plupart des gens qui pensent comme elle, elle est intelligente et c'est un rat de bibliothèque qui ne se laisse jamais abattre. Je crois que c'est ce qui attire Matt. Il est plus réservé et conservateur, mais sa famille est très gentille et ils sont à fond derrière Maddy et lui.

— C'est bien, répond Wes en hochant la tête. Ça doit être agréable de savoir que tu n'as plus à t'occuper d'elle.

— Je ne sais pas. On pourrait le penser, mais j'ai passé ma vie à m'occuper de ma sœur, à m'assurer que tout était aussi parfait que possible. D'une certaine façon, c'était mon but. Maintenant, elle est major de sa promo à la fac et elle s'apprête à avoir sa licence. Max a déjà payé les prochaines années de fac pour qu'elle puisse aller en master et en doctorat, les Rains paient leur appartement pour qu'ils n'aient pas à travailler et qu'ils puissent se concentrer sur les cours, et maintenant qu'elle a de l'argent – encore une fois grâce à Max – elle n'a plus vraiment besoin de moi.

Wes s'arrête brusquement. Nous sommes au milieu d'un petit pré, à un kilomètre du ranch de Maxwell que j'aperçois tout juste à travers les arbres.

— Est-ce que tu te sens inutile ? demande-t-il.

— Pas tout à fait. Inutile n'est pas le mot. Je dirais plutôt qu'elle n'a plus besoin de moi, et je n'en ai pas l'habitude.

— Je n'irais pas jusqu'à dire qu'elle n'a pas besoin de toi, répond Wes. J'ai su dès son arrivée que tu étais son point de repère. Même si elle connaissait tous les gens dans la pièce en dehors de moi, c'est vers toi qu'elle est allée. C'est à côté de toi qu'elle s'est assise pour dîner et tout au long de la soirée. Mia, tu es bien plus que sa sœur – tu es le centre de son univers – de la même façon que tu es le mien.

Waouh. Ce que je peux aimer cet homme, il sait toujours quoi dire pour me remonter le moral.

— Je sais qu'elle grandit et que les choses doivent changer. C'est juste difficile. Je suis responsable d'elle depuis qu'elle a cinq ans.

La mâchoire de Wes se contracte et son regard devient glacial.

— Tu n'aurais jamais dû être responsable de ta sœur. Tu n'avais que dix ans. Ta mère et ton père ont pris de mauvaises décisions, Mia. Et même si Madison et toi vous en sortez bien, tu n'aurais pas dû avoir à faire une croix sur ton enfance pour ça. Ce n'est pas comme ça qu'on va élever nos enfants.

Tiens, c'est le moment parfait pour aborder le sujet.

— Alors tu veux des enfants ? je demande en essayant d'avoir l'air nonchalant.

J'aimerais avoir un enfant, ou même deux, mais ce n'est pas vital pour moi, comme ça peut l'être pour Cyndi ou d'autres femmes que je connais.

— Bien sûr, pas toi ? demande Wes en levant soudain la tête.

Je vide tout l'air de mes poumons, réalisant soudain que je retenais ma respiration.

— Avec toi, si.

Il vient vers moi et passe ses bras autour de ma taille.

— En fait, je n'y avais jamais vraiment pensé avant d'être avec toi. Ça en dit long sur notre relation.

Il sourit jusqu'aux oreilles, mon cœur bat plus fort et j'ai subitement envie de lui.

— Moi non plus. Du moins, pas de façon sérieuse. Quand j'étais pris en otage et que je pensais à ma vie, je t'imaginais sans cesse avec un ventre rond, ou berçant notre fils dans tes bras, ou encore tenant la main de notre fille. Ça m'a donné de l'espoir, dit-il avant de se racler la gorge. J'étais obsédé par ce futur avec toi et terrifié de ne jamais le vivre. C'est pour ça que je veux t'épouser tout de suite. Je veux qu'on profite de chaque jour qui nous est offert et qu'on affronte ensemble toute nouvelle épreuve.

Je passe ma main dans ses cheveux blond foncé.

— Ça me plaît, je dis en me levant sur la pointe des pieds pour l'embrasser.

Nous sommes au milieu d'un pré et nous nous embrassons comme si c'était la dernière fois. Le baiser est féroce, passionné, sauvage. Nous nous enflammons peu à peu et il n'y a rien ni personne pour nous arrêter. Wes promène ses mains partout, caressant mon dos puis mes fesses. Il me soulève comme si je ne pesais rien et j'entoure sa taille avec mes jambes tout en plongeant ma langue loin dans sa bouche. Lorsque j'ouvre les yeux, je découvre que Wes nous ramène vers les arbres.

Quelques secondes plus tard, nous sommes cachés par les arbres et je suis adossée à un tronc énorme, bien plus large que nos corps.

Wes repose mes pieds par terre et se dépêche de défaire ma braguette.

— Ici ?

Je regarde autour de nous, m'assurant que personne ne peut nous voir.

Wes s'agenouille pour enlever mes baskets et baisser mon jean et mon string, me laissant en pull et en manteau. Il rapproche son visage de mon entrejambe et inspire.

— Bon sang, j'adore ta façon d'enfler quand tu es excitée.

Il lève les yeux vers moi et tire la langue pour laper mon clito. Je gémis en empoignant ses cheveux.

— T'es complètement fou, je chuchote.

— Et toi, tu es délicieuse. Maintenant appuie-toi à l'arbre et profite.

Il écarte mes lèvres avec ses pouces et me lèche de bas en haut. Une minute plus tard, j'appuie déjà sa tête contre moi, me frottant à lui éhontément, cherchant désespérément à atteindre ce point qui me fera chavirer. Il palpe ma cuisse avant de la soulever et de la poser sur son épaule pour lui donner un meilleur accès.

— Mon Dieu, Wes, je vais jouir.

Il accélère les mouvements de sa langue, la plongeant aussi loin que possible. Je fourmille des pieds à la tête, sur le point de jouir.

— Bébé, je gronde.

Il pousse un grognement, m'écarte davantage et suce mon clitoris. C'est tout ce qu'il fallait. Chacun de mes pores explose et crépite de plaisir tandis qu'une vague de chaleur déferle en moi. Mon orgasme embrase mon sang, mais soudain ses lèvres disparaissent.

— Non ! je m'écrie d'une voix désespérée.

Je suis loin d'en avoir fini avec lui ! Cependant, je n'avais aucune raison de m'inquiéter. Je ne sais comment, il a réussi à défaire sa braguette, extirper sa grosse verge de son pantalon, et il m'empale contre l'arbre, d'un seul coup de bassin puissant. Il me soulève et je croise les chevilles dans son dos, voulant le rapprocher encore plus de moi. Il passe une main derrière ma tête pour me protéger de l'écorce.

— Je vais te prendre et te refaire jouir. Je veux avaler ton orgasme quand il quitte tes lèvres, murmure-t-il d'une voix rauque contre ma bouche.

Il y plonge sa langue et je sens mon excitation sur lui, à la fois sucrée et salée. Il s'attaque ensuite à mon cou, qu'il mord et suce, et un grognement m'échappe.

— Je t'aime, Wes. Je t'aime tellement que c'en est douloureux.

Il joue avec mon corps contre cet arbre comme un bûcheron qui coupe du bois. Toutefois, c'est ma chatte qu'il transperce avec sa queue, comme une hache qui s'abat sur un tronc de manière brutale, sans répit, sans pitié.

— Jouis, ordonne-t-il en serrant les dents et en accélérant ses va-et-vient.

— Chérie, il faut que tu bouges, je supplie.

Il dessine des cercles avec ses hanches et quand je gémis, indiquant qu'il a touché le bon endroit, il sourit d'un air presque machiavélique. Il se retire jusqu'au gland, lentement, puis il s'enfonce en moi, percutant ce point sensible qui me fait hurler de plaisir.

Les allers-retours de Wes sont si rapides que je ne suis plus son rythme. Il frappe mon point G chaque fois sans s'arrêter, jusqu'à ce que mon corps se liquéfie et que je hurle en regardant le ciel.

Wes jouit juste après moi, déversant sa semence chaude en moi, et je sens le poids de son corps m'écraser contre l'écorce. Épuisés, rassasiés, nous restons ainsi un long moment, connectés contre un arbre géant dans un bois du Texas.

Chapitre 8

Nous nous nettoyons comme nous pouvons, puis Wes prend ma main et nous rentrons chez mon frère.

— Je vais acheter cette propriété à Max. On va s'approprier cette maison, la rénover ou bien la démolir pour y construire la maison de tes rêves, dit Wes.

Mon cerveau est encore embué par le plaisir exquis qu'il vient de vivre, plaquée contre un arbre, et les paroles de Wes mettent un moment à lui parvenir.

— Pardon, je dis en m'arrêtant. Je suis désolée de ne pas te suivre alors que tu viens de me faire grimper au tronc de cet arbre. Qu'est-ce que tu as dit ?

Wes se lèche les lèvres, comme s'il pouvait encore me goûter, et sans doute est-ce le cas. De mon côté, j'ai la marque de l'écorce sur mon dos, et quand je bouge les épaules, je sens mon pull frotter ma peau irritée.

— Je vais demander à Max si je peux lui acheter cette parcelle, à côté de la sienne. Il a des centaines d'hectares et il m'a dit que celle-ci et une autre, plus loin, étaient des fermes, et qu'elles sont toutes les deux inoccupées.

J'essaie toujours de comprendre ce qu'il dit.

— On n'a même pas vu la maison et on a à peine vu le terrain, comment tu sais que tu veux y vivre ?

Wes regarde autour de lui, les bois que nous venons de quitter, le champ qui s'étend jusqu'au ranch de Maxwell, et il hausse les épaules.

— Peu importe l'état de la maison. On peut construire autre chose si elle ne nous plaît pas. Ce que je dis, c'est que je veux une maison de famille, loin du bling-bling de Los Angeles.

— Attends une minute, tu veux dire que tu veux qu'on quitte Malibu ? Mais tu adores la plage ! Moi aussi ! je m'exclame en imaginant qu'on va quitter notre petit cocon.

— C'est vrai, mais on a de l'argent. Beaucoup. Plus qu'on en a besoin. Vu la tournure que prend ta carrière, tu vas vouloir un endroit où t'échapper quand la vie californienne deviendra trop prenante. Et puis, tu l'as dit toi-même, Madison va déménager ici quand elle aura fini la fac.

— Oui, et à ce propos, elle m'a parlé de venir ici dès la fin de sa licence. Max va l'inscrire à la fac pour qu'elle commence tout de suite à travailler à Cunningham Oil & Gas. La famille de Matt va venir s'installer dans le coin, aussi.

Le visage de Wes s'illumine. Apparemment, plus on en parle, plus il est emballé.

— C'est parfait ! Ils pourront prendre la propriété de l'autre côté de chez Max. Matt a dit que lui et sa famille voulaient une ferme. Ils pourront travailler leur terrain et le nôtre. Mia, comme ça, on aura une maison secondaire, on pourra venir tous les mois. Tu verras Isabel et Jackson grandir et tu verras régulièrement ton frère et ta sœur. C'est gagnant-gagnant !

Jamais je n'aurais osé rêver d'un tel scénario. Mon amour pour cet homme est sans limite.

— Tu ferais ça pour moi ? je demande d'une voix émue.

Il secoue la tête.

— Non, je ferais ça pour nous. Tu ne veux pas être loin de ta sœur, et moi je ne veux pas être loin de ma famille. De cette manière, on aura un vrai chez-nous dans les deux endroits. On prévoira de venir ici une fois par mois, et quand on ne tourne pas, on viendra plusieurs semaines d'affilée. Je suis sûr que ça ne gênera pas Cyndi de jeter un œil sur la maison quand on n'est pas là.

Il ne l'avait pas vu venir, mais il m'attrape néanmoins quand je saute dans ses bras, l'entourant avec mes jambes.

— Je t'aime, je t'aime, je t'aime, je t'aime, je t'aime ! je m'exclame en ponctuant mes mots de baisers sur ses joues, son front, son menton, ses yeux. J'ai hâte de t'épouser ! je crie en m'emparant de sa bouche.

Heureusement, Wes apprécie ma folie et éclate de rire, jusqu'à ce qu'il soit trop occupé avec ma bouche.

*

— Oui ! Je ne plaisante pas. Non, Maman. On veut une petite cérémonie intime sur notre plage de Malibu et une réception chez vous.

Wes éclate de rire et se passe la main dans les cheveux. Depuis qu'il a appelé sa mère pour lui annoncer qu'on allait se marier rapidement, il n'a pas arrêté de sourire.

— Je sais, c'est dans six semaines. Je vais engager quelqu'un pour tout organiser. Non, Maman, tu n'as pas à… Maman, je ne t'ai pas appelée pour te demander de t'en occuper.

Qu'il parle pour lui ! Il est hors de question que j'organise ce mariage ! Si ça ne tenait qu'à moi, on se dirait oui sur la plage et, tout de suite après, on baiserait comme des lapins dans notre lit. Je n'ai pas besoin d'un gâteau et de tout le tralala. Je veux juste Wes, c'est la seule chose dont j'ai besoin.

Wes se tourne et me regarde. Je suis assise sur le lit, jambes en tailleur, penchée en avant, les coudes sur les genoux, menton dans les mains. Je le regarde faire les cent pas en souriant jusqu'aux oreilles.

— Je sais que c'est dingue, mais maman, je suis fou amoureux. Non, ce n'est pas trop de pression pour moi, promis. Je vais très bien. Justement, ça va m'aider à aller mieux. Épouser la femme que j'aime va m'aider à guérir, j'en suis certain.

Wes est persuadé que je suis la raison pour laquelle il va aussi bien après sa prise d'otage. Moi, je pense plutôt que c'est grâce à sa psy, même s'il doit encore travailler sur certaines choses, comme cette jalousie et ce besoin pressant de tracer tout notre avenir maintenant. La bonne nouvelle, c'est qu'il n'a pas eu de cauchemar depuis plus d'une semaine. Il dort mieux que jamais, ici, au Texas. À la maison, il se réveille en sursaut, marche sur la plage et écoute l'océan jusqu'à ce qu'il soit assez fatigué pour retourner se coucher. Je l'ai trouvé trop souvent à faire les cent pas sur la plage, mais pas ici. Chez mon frère, avec tout mon clan sous le même toit, il dort comme un bébé. Peut-être a-t-il raison de vouloir venir vivre au calme. En tout cas, la sérénité de ce lieu semble lui faire du bien.

— D'accord, tu peux t'occuper de la réception, si tu insistes, dit Wes en s'arrêtant et en me regardant. Mia, quelles couleurs veux-tu ?

— Je ne sais pas, je réponds en fronçant les sourcils. Il faut des couleurs ? Pour quoi faire ?

— Maman dit que tu dois choisir deux couleurs pour qu'elle sache quelles décorations acheter.

— Elle peut faire comme elle veut, je réponds.

— Maman, non. Mia n'est pas ce genre de fille. Vraiment, tu peux choisir ce que tu veux, elle s'en fiche. Maman… gronde Wes en reprenant ses cent pas.

L'entendre discuter avec sa mère de quelque chose qui, apparemment, relève de ma responsabilité me déplaît.

— Vert pâle et crème ! je m'exclame.

— Attends, maman, dit Wes. Quelles couleurs, ma chérie ?

Timidement, je le regarde en triturant mes doigts.

— Je pense qu'un thème vert anis et crème pourrait être joli.

Wes sourit jusqu'aux oreilles. Bon sang, il est tellement facile à satisfaire.

— Mia dit vert anis et crème. Ouais, des fleurs simples. Ce que tu veux. Oui, ce que tu veux, répète-t-il en désignant son téléphone et en faisant une grimace, comme si sa mère était folle. Mia et moi nous nous occupons de la cérémonie. Oui, je m'occupe des chaises, de la tonnelle et de tout le reste. Occupe-toi juste de la réception, maman. Combien de gens ?

Je fais vite le compte dans ma tête : Maddy, Matt, Maxwell, Cyndi et les enfants, Ginelle, Taï et Amy, Anthony et Hector, Mason et Rachel, Warren et Kathleen, Alec, Anton et Heather, Tante Millie, mon père s'il se réveille, et peut-être une ou deux autres personnes.

— Disons vingt-cinq pour moi.

— Vingt-cinq. Attends, maman, dit-il en plaquant le téléphone contre son torse. C'est tout ? Juste pour la cérémonie, n'est-ce pas ?

— Non, vingt-cinq en tout.

Wes cligne des yeux.

— Maman, on veut un petit mariage. Mia n'invite que vingt-cinq personnes, donc tu vas devoir limiter mes invités à la famille uniquement. Oui, je suis sérieux.

Je pousse un grognement dans ma tête. Je n'ai même pas encore regardé les robes de mariée, et ma famille restreinte me donne l'air d'une looser auprès de ma future belle-mère.

— Comment ça qui ? On en parlera plus tard, maman. Arrange-toi pour que je n'aie que trente invités à la cérémonie et invite qui tu veux à la réception, mais on veut que ce soit simple. Mia et moi ne voulons pas d'un mariage glamour. On veut un bon repas, de l'alcool, une piste de danse, et on sera les plus heureux du monde, n'est-ce pas, Mia ?

Je souris jusqu'aux oreilles, ravie que mon homme me connaisse si bien.

— C'est ça ! je m'exclame en lui soufflant un baiser.

— Bon, je dois y aller. Joyeux Thanksgiving à toi et papa et à la famille. Dis à tout le monde que je les aime et qu'on sera bientôt de retour. Oui, on sera là pour Noël. Je t'aime aussi.

Wes raccroche et jette le téléphone sur le lit avant de me plaquer sur le matelas.

— Tu as de la chance que je t'aime autant, parce que c'était une torture.

— Parler à ta mère était une torture ?

— Non, mais lui parler de l'organisation du mariage alors que ni toi ni moi n'avons la moindre préférence, c'était un enfer. Tu me le revaudras, déclare-t-il en frottant son bassin contre le mien.

Je passe mes jambes autour de sa taille pour le rapprocher de moi.

— Mmm, mais comment diable vais-je pouvoir te rendre la pareille ? je demande en enroulant une mèche de ses cheveux sur mon doigt.

— Sois mon esclave sexuelle jusqu'à la fin de tes jours, répond-il du tac au tac.

— Vilain garçon, je rétorque en souriant. Je crois qu'on devrait pouvoir trouver un compromis.

— Non, je te veux à vie.

Je plonge mes mains dans ses cheveux et l'embrasse.

— Hmmm, je pense que ça peut le faire.

— Non, c'est toi que je vais me faire.

— Encore cette fichue blague ! je m'exclame en riant.

— C'est un classique, mais elle est tellement bonne, chuchote-t-il en mordillant mon cou.

— Tu veux dire comme une branlette ?

Il relève la tête en souriant.

— Quelle comparaison parfaite. Une branlette est aussi un classique qui est très bon. Est-ce que je peux en avoir une maintenant ?

Je plonge ma main entre nous, mais j'ai à peine défait le bouton de son jean que quelqu'un frappe à la porte, nous faisant sursauter.

— Cyndi dit qu'il est l'heure de passer à table ! Tout le monde descend ! dit Max à travers la porte.

Au moins, il a la décence de ne pas ouvrir, je ne me rappelle pas si j'ai fermé à clé ou non.

Un peu plus loin dans le couloir, je l'entends frapper à la porte de ma sœur.

— À table !

Wes m'aide à me lever.

— Ah, Maman dit que Thanksgiving aura lieu chez elle l'an prochain.

— Dans ce cas, c'est toi qui l'annonceras à Max. De préférence quand je ne suis pas là.

— Tu n'es qu'une poule mouillée !

Il prend ma main et nous descendons à la salle à manger pour notre premier Thanksgiving de couple. Le premier Thanksgiving de toute ma vie.

Le seul problème, c'est que papa me manque. Il adorerait être assis à une grande table avec sa famille. Maddy et moi n'avons jamais eu ça durant notre enfance, même si, à sa façon, il a essayé. Je me souviens de plusieurs années où il a acheté du poulet frit au KFC, mais c'était seulement quand il n'était pas trop bourré et qu'il n'oubliait la fête tout entière.

Cependant, ça n'empêche qu'il me manque.

*

Cyndi et Max se sont surpassés. Je ne sais pas comment ils ont fait, avec un nouveau-né. Dans la salle à manger, la table pour seize personnes est dressée pour six adultes et une enfant. Jackson dort dans son couffin, en tête de table, à côté de Max. Un air de Chopin flotte dans la pièce, je ne connais le compositeur que parce que c'est mon préféré, même si Wes m'en fait découvrir de nouveaux. Il aime écouter de la musique classique quand nous sommes en voiture ou quand nous sommes sur la terrasse, face à l'océan.

Les chaises sont rapprochées d'un côté de l'immense table, laissant assez de place pour tous les plats, qui ont l'air plus délicieux les uns que les autres. Les assiettes, les verres en cristal et les couverts en argent brillent à la lumière des chandeliers. Tout est magnifique. Je n'ai jamais vu une telle table, et jamais je n'ai imaginé avoir le privilège de m'y asseoir.

Tout le monde entre dans la pièce et se tient debout derrière sa chaise.

— Disons le bénédicité, dit Max en tendant les mains à sa gauche et à sa droite.

Mon frère s'en charge, et nous finissons avec une minute de silence pour remercier ceux qui ne sont plus avec nous et leur dire combien nous les aimons. Je pense de nouveau à mon père, dans le coma, dans un lit d'hôpital à Las Vegas. Seul. Le jour de Thanksgiving. Même si nous ne célébrions que rarement la fête, nous étions quand même ensemble. Mais qui est avec lui, maintenant ? Personne. Je sens ma poitrine se contracter.

— Ça va ? chuchote Wes en reculant ma chaise pour m'inviter à m'asseoir.

Je remarque que chaque homme recule la chaise de sa femme. Max recule même celle d'Isabel avant de s'asseoir à son tour.

— Je vais bien. Je suis juste triste que mon père ne soit pas là. Il adorerait.

— C'est clair, dit Maddy en souriant.

Lorsque nous sommes tous assis, les plats se mettent à circuler. Il y a de la dinde, de la farce faite maison, de la purée de pommes de terre, du maïs, de la sauce, un gratin de flageolets, des cranberries, du pain fait maison, et plus encore. Je n'ai pris qu'un peu de chaque plat et je n'ai déjà plus de place dans mon assiette.

— Tout le monde mange comme ça à Thanksgiving ? je demande en observant mon assiette.

— C'est clair ! ricane Maddy en me montrant la sienne. Je n'ai plus de place ! s'exclame-t-elle en riant.

Max, Cyndi, Matt et Wes s'interrompent et nous dévisagent.

— Quoi ? C'est beaucoup pour un seul repas, non ? je demande.

Je vois la mâchoire de Wes se contracter et Max se couvre la bouche.

— Quand avez-vous eu un repas de Thanksgiving, Maddy et toi, avec une dinde et tout le reste ?

Je regarde la montagne de nourriture qui couvre la table. Jamais on ne pourra manger tout ça. Cela dit, je veux bien essayer.

— Euh, je ne sais pas. Maddy ?

Elle secoue la tête.

— On n'a jamais mangé de dinde rôtie, je crois. Enfin, on en a mangé au casino, et j'ai déjà cuisiné des filets, mais pas comme ça. Ça me fait penser au buffet du Caesar Palace. Bon sang, ils savaient fêter Thanksgiving, eux. Tu te souviens de l'année où on s'y était faufilées ? s'exclame-t-elle en gloussant.

Je souris en me rappelant qu'on avait décidé qu'il était hors de question qu'on ne mange pas correctement pour Thanksgiving. On était parties de la maison, et on avait marché trois kilomètres jusqu'à l'hôtel. Il y avait tellement de gens que personne n'avait remarqué les deux petites filles remplir leurs assiettes et sortir avec. Cela dit, peut-être qu'ils s'en fichaient, du moment qu'on mangeait.

— C'est le meilleur repas de Thanksgiving qu'on ait eu, je réponds en riant. Enfin, jusqu'à maintenant, j'ajoute en dévorant une bouchée de dinde couverte de sauce. Hmm, c'est délicieux !

Max croise les bras et nous regarde, sidéré.

— Tu veux dire que vous n'avez jamais fait de repas, assises comme ça, autour d'une table ? Alors que vous avez vingt-cinq et vingt et un ans ?

J'y pense un instant, mais en réalité, ne l'ayant jamais connu, ça ne nous a jamais manqué.

— La farce est exquise, Cyndi ! je m'exclame pour changer de sujet.

Son visage s'illumine.

— Merci. Mais attends de goûter le gratin de flageolets de Max. Il ne cuisine pas grand-chose, mais ça, il sait faire !

Je lui suis reconnaissante de m'avoir aidée à changer de sujet et j'articule un « merci » en la regardant. Elle hoche la tête et se remet à manger. Un silence pesant s'ensuit et je décide d'y remédier. Après tout, c'est notre premier Thanksgiving ensemble, je voudrais que tout le monde soit heureux.

— Ah ! Wes et moi avons une nouvelle à annoncer !

— Tu es enceinte ! s'exclame Maddy en écarquillant les yeux.

— Mon Dieu, non ! je réponds.

Wes rit et passe sa main autour de ma taille tandis que je me lève.

— Ne t'en fais pas, on a prévu des mini-Channing, mais on aimerait d'abord se marier, répond-il à ma sœur.

— Oui, bon, bref. Ce que j'allais dire, c'est qu'on a fixé une date. Le premier janvier. Le jour de l'an.

— De cette année ? s'exclame Maddy.

Un sourire énorme s'étend sur mon visage. Je ne peux pas m'en empêcher. Je me marie dans…

— Six semaines !

— Waouh, mais c'est tellement tôt, tu es sûre que tu n'es pas enceinte ?

Elle fronce les sourcils et Matt aussi, même si c'est pour des raisons différentes. Si Maddy est étonnée que je sois prête à m'engager auprès d'un homme, et ce aussi vite, Matt est sans doute dégoûté parce que je lui ai dit d'attendre deux ans avant d'épouser ma sœur. Je comprends que ma déclaration le perturbe, mais il s'efforce néanmoins de sourire. C'est vraiment un mec bien.

— Eh bien ! Où vous mariez-vous ? demande Max d'un air ravi.

— Il y aura une petite cérémonie sur la plage au pied de notre maison de Malibu, avec une cinquantaine de personnes, et une réception plus grande au domaine des parents de Wes. Ils s'occupent de la réception, et nous de la cérémonie. Vous pouvez tous venir ?

— Comme si je pouvais rater ça ! Je suis la demoiselle d'honneur, n'est-ce pas ?

— Bien sûr. Et j'adorerais qu'Isabel sème les pétales jusqu'à l'autel. Ça te plairait, ma puce ? je lui demande alors qu'elle enfourne une fourchette de purée dans sa bouche.

— Je devrai faire quoi ?

— Eh bien, tu mettras une jolie robe et une couronne, tu sèmeras des pétales sur la plage, et Tante Mia marchera dessus, j'explique.

— J'aurai une couronne ?

Je savais que c'était une bonne idée.

— Un diadème, sans doute.

— C'est comme une couronne avec des diamants ? demande-t-elle d'un ton sérieux.

— Oui, ma puce.

Elle gonfle ses poumons et écarquille les yeux en rougissant.

— Je vais être la reine des fleurs ! Sur une plage ! Maman ! Maman ! Maman !

Jackson se réveille et se met à pleurer. Max le prend dans ses bras et le rendort immédiatement en lui donnant sa tétine et en le berçant. Wouah, c'est dur d'être un bébé !

— Oui, Isabel, tu seras la reine des fleurs. Maintenant est-ce que tu peux parler doucement pour ne pas réveiller ton frère ? dit Cyndi avec ce ton maternel que j'espère avoir un jour, moi aussi.

— C'est génial ! Levons nos verres, dit Max. À mes deux sœurs, à qui je souhaite d'être aussi heureuses dans leurs mariages que je l'ai été dans le mien pendant toutes ces années…

— Et au tout nouveau membre de la famille ! j'ajoute en désignant Jack.

— Et à la famille, qui est enfin telle que je l'ai toujours voulue, poursuit Max.

— *Salud ! Cheers !* s'exclame tout le monde jusqu'à ce qu'un tintement retentisse dans la poche arrière de mon jean.

Mince, j'ai oublié d'éteindre mon téléphone. Je regarde l'écran, prête à rejeter l'appel, quand je reconnais le numéro de Las Vegas.

— Désolé tout le monde, je dis avant de répondre.

J'appuie mon doigt sur mon oreille et je sors de la pièce, me sentant pâlir brusquement. Mes jambes se mettent à trembler pendant que l'infirmière m'informe de l'état de santé de mon père. Lorsque je raccroche, je vide tout l'air de mes poumons et je retourne dans la salle à manger. Je pose mes mains sur le dossier de ma chaise, pour m'aider à tenir debout.

Instinctivement, Maddy se lève.

— Qu'est-ce qui se passe ? C'est papa ?

Elle plonge son regard inquiet dans le mien. Je ne sais pas comment répondre, ma langue me semble gonflée et ma bouche trop sèche.

— Mon Dieu, c'est papa. Est-ce qu'il… ?

Elle n'a pas besoin de finir sa question, tout le monde sait ce qu'elle veut dire. Wes se lève et me prend par la taille. Je m'appuie contre lui et je secoue la tête, comme pour reprendre mes esprits.

— Il est réveillé. Il est sorti du coma et il demande à nous voir.

Chapitre 9

— Bon sang, frangine, il faut toujours que tu repartes à Las Vegas dès que j'arrive à te faire venir au Texas ! ricane Max pendant que je jette mes vêtements dans ma valise.

Quand je dis jeter, je veux vraiment dire que je ne prends même pas le temps de les plier. Il va falloir que je m'asseye sur ma valise pour la fermer, mais peu importe. La seule chose qui m'intéresse, c'est d'arriver à l'aéroport aussi vite que possible.

— Tu as réussi à avoir un avion ? je demande.

Mes mains tremblent et Wes les tient contre son torse, laissant sa chaleur m'envahir.

— Ça va aller, Mia. Ton père est réveillé et il demande à te voir. C'est une bonne nouvelle, ok ? dit-il en plongeant son regard dans le mien.

Je me concentre sur lui alors que tout s'effondre autour de moi. Il faut juste que j'arrive à Vegas, que je vois papa de mes propres yeux, et tout ira bien.

— L'avion de Cunningham & Oil est prêt à décoller dès que vous êtes à bord. Maintenant, Mia, tu es sûre que tu ne veux pas que je vienne ?

Je me tourne et serre Max fort dans mes bras pour lui faire sentir combien cette journée a été importante pour moi.

— Oui, merci. Merci pour tout, pour le meilleur Thanksgiving de ma vie, d'être le meilleur frère que je puisse souhaiter, et d'être là, tout simplement, je dis d'une voix tremblante. Maddy et moi devons faire ça toutes les deux. Et puis, j'ai Wes, et elle a Matt.

— Mais je suis ton frère. Je veux te protéger, répond-il en gonflant le torse.

— Max, je vais prendre soin d'elle, dit Wes en le prenant par l'épaule. Et je vais m'assurer que Matt s'occupe de Madison, même si je ne pense pas qu'il ait besoin qu'on le lui dise. Tout va bien se passer. Je te tiens au courant, d'accord ? dit-il en tendant la main.

Max hoche la tête, saisit la main de Wes et passe son bras dans son dos.

— Je suis content que tu épouses ma sœur. Je sais que je suis un peu trop protecteur, mais je viens juste de les trouver, alors il est hors de question que je les perde.

— Je comprends, mec. N'oublie pas que je veux qu'on reparle de ce terrain, après le mariage.

— Il est à toi, répond immédiatement Max. Je ferais tout pour que ma sœur vive ici, même si ce n'est qu'une partie de l'année. Je vais parler à Matt de l'autre terrain. C'est un homme fier et sa famille l'est aussi, je pense qu'ils vont vouloir l'acheter. Je leur proposerai de cultiver tes terres et les miennes en plus des leurs, ça devrait les convaincre.

Wes sourit et lui tend de nouveau la main.

— Ça me semble parfait. On en reparle plus tard ?

— Avec plaisir, partenaire.

En sortant de notre chambre, nous croisons Matt et Maddy dans le couloir.

— Je suis désolée, Max, mais c'est papa, dit Maddy d'une voix rauque.

— Vas-y, ma chérie. Il est temps d'aller voir ton père.

En haut du perron, nous embrassons Max, Cyndi, Isabel et le petit Jackson.

— À très vite.

— Très vite, oui, répond Max. C'est promis.

Nous montons dans la voiture qui nous emmène à l'aéroport et nous leur disons au revoir de la main.

On arrive, papa. Tiens bon.

*

Maddy et moi parcourons le couloir blanc main dans la main. Nous sommes venues ici des centaines de fois, mais celle-ci est différente. Je serre sa main, et elle serre la mienne en retour.

— Ce ne sera toujours que toi et moi, sœurette, je chuchote, lui rappelant ce que je lui disais quand nous étions petites.

Chaque fois que nous avions peur, que nous n'avions plus à manger, qu'on nous coupait l'électricité ou que notre père était assoupi sur le canapé alors qu'il fallait nous emmener à l'école, je lui disais ces mots.

— Pour toujours et à jamais, répète-t-elle, comme elle le faisait chaque fois.

Je souris jusqu'aux oreilles. Le fait que j'épouse Wes, et elle Matt, ne change rien à notre relation. Rien ne pourrait la changer. Nous sommes liées par le sang, par nos années de lutte côte à côte, de soutien l'une de l'autre, et d'amour l'une pour l'autre quand le reste du monde se fichait de nous. Papa nous aimait, bien sûr, mais pas assez pour arrêter de boire et nous montrer à quoi ressemblait une vie normale. Nous avons dû le découvrir seules, et maintenant… nous avons de belles vies.

Nous arrivons devant sa porte entrouverte et nous entrons ensemble. Mon père est assis dans le lit. Son menton et sa mâchoire sont couverts d'une barbe épaisse et ses cheveux poivre et sel sont luisants et coiffés en arrière, comme s'il s'était douché. Une infirmière a dû l'aider à faire sa toilette. Ses yeux marron se fixent sur nous et des larmes coulent sur ses joues.

— Mes b… bébés, renifle-t-il en ouvrant les mains.

Peut-être n'a-t-il pas assez de muscles pour ouvrir les bras.

— Venez donner de l'amour à votre vieux père, dit-il d'une voix rauque.

— Papa ! s'écrie Maddy en courant à ses côtés.

— Papa, je dis d'une voix calme en regardant ma sœur le serrer dans ses bras.

J'ai passé onze mois à prier chaque jour pour qu'il se réveille, et enfin le voilà, en vie, réveillé.

— Mia, v… viens ici, dit-il en tapotant le lit à côté de lui.

Maddy est déjà allongée sur le matelas, blottie contre son père. Sauf qu'il n'est pas son vrai père, c'est ce que je me rappelle soudain. Arrête Mia, ce n'est pas le moment de rouvrir ces blessures.

Je marche jusqu'à lui, m'assieds à ses côtés et caresse son front, sa tempe, sa joue, puis sa barbe. Sa peau est légèrement rose, lui donnant un air sain que je n'ai pas vu chez lui depuis des lustres. Waouh, c'est la première fois depuis des années que je vois mon père sobre. Il est magnifique.

— Tu as l'air en forme, papa.

Il lève une main tremblante et la pose sur ma nuque. Je me blottis contre lui, et, enfin, je libère tout. Tous ces mois d'inquiétude, la peur qu'il ne se réveille pas, la crainte de ne peut-être plus jamais voir le seul parent qu'il me reste, tout. Les larmes jaillissent et nous nous tenons les uns les autres en pleurant. Maddy et moi tournons la tête vers notre père et je prends la main de ma sœur pour la poser sur son cœur.

— Mon Dieu, je v… vous aime, les f… filles. Plus q… que tout. Je vais vous mon… montrer. Je serai un b… bon p… père. J'vous jure.

Il ne nous a jamais promis une telle chose. Par le passé, il se réveillait avec la gueule de bois, s'excusait en nous disant qu'il n'y pouvait rien, c'était tout. Une fois, il m'a dit qu'il buvait pour ne plus être triste et qu'il jouait pour oublier sa colère envers notre mère. Je ferme les yeux en espérant qu'il pense ce qu'il dit, cette fois-ci. En ce qui me concerne, c'est sa dernière chance de se rattraper.

Nous restons blotties contre notre père pendant longtemps, jusqu'à ce que nous n'ayons plus de larmes à verser. Il ne reste plus de notre réunion que des reniflements et de longs soupirs.

— Euh, bonjour ? dit papa.

Je tourne la tête et vois Wes dans l'encadrement de la porte. Je souris jusqu'aux oreilles, comme chaque fois que je le vois.

— Il est à toi, Mia ? marmonne papa.

— Ouais, il est complètement à moi, je réponds en me levant.

J'essuie mes larmes et prends mon mec dans mes bras.

— J'aime te voir sourire comme ça, ma chérie, dit Wes en m'embrassant.

Il prend mon visage dans ses mains et essuie mes dernières larmes avec ses pouces.

— Viens par là. Je veux te présenter mon père, je m'exclame en prenant sa main pour l'emmener au chevet de mon père. Weston Channing, je te présente mon père, Michael Saunders. Papa, voici mon fiancé, Wes.

— Ton fiancé ? demande papa en fronçant les sourcils.

Je suis sur le point de répondre, lorsque Matt entre dans la chambre. Maddy se lève d'un bond et court vers lui. Il l'attrape en plein vol et la fait tourner autour de lui.

— Chéri, papa est réveillé ! s'exclame-t-elle en sautillant.

— Chéri ! s'étouffe mon père. Ma p… petite fille a un co… copain ? Mon Dieu.

— Euh papa, il s'est passé beaucoup de choses depuis que tu t'es blessé.

— Blessé ? Ces enf… foirés m'ont sauté de… dessus.

Il appuie sa tête dans l'oreiller et ferme les yeux. La machine qui mesure son rythme cardiaque se met à biper, me laissant penser que sa tension est montée d'un coup, mais je n'y connais pas grand-chose. Une infirmière déboule dans la chambre et regarde mon père en fronçant les sourcils.

— Je vais devoir vous demander de sortir, tous.

— Mais… ça fait si longtemps qu'il est dans le coma, je réponds en désignant mon père.

L'infirmière secoue la tête, appuie sur les boutons de la machine et me regarde d'un air très sérieux.

— Parlons dehors. Vous devez partir. Vous pourrez revenir demain matin, quand il sera reposé.

Mes épaules retombent, mais je me ressaisis et, me sentant audacieuse, je contourne l'infirmière pour embrasser mon père sur le front.

— Repose-toi, on revient demain matin. On a plein de choses à te raconter.

Maddy lui dit au revoir à son tour et nous rejoignons l'infirmière dehors. Elle nous informe que personne n'a encore appris à mon père combien de temps il est resté dans le coma. Les médecins veulent examiner de nouveau ses capacités mentales et commencer tout de suite sa rééducation. Elle nous rappelle qu'il a encore un long chemin à parcourir et qu'il doit être patient, et lorsqu'elle nous a assuré que nous verrons son médecin demain matin, nous acceptons de partir. Wes et moi prenons une chambre à l'hôtel de l'autre côté de la rue, et Maddy et Matt regagnent leur appartement.

*

— Salut vieille meuf, ça roule ? Comment va ton père ? demande Ginelle en décrochant.

Je refuse de parler à qui que ce soit d'autre que Gin. Wes a appelé Max pour le tenir au courant, je sais qu'il est mort d'inquiétude, mais on va bien. Il n'y a rien à dire pour le moment, et je ne veux pas parler de mes sentiments avec mon frère. Il nous connaît, mais il ne sait pas comment je gère ce genre de situation. Il ne connaît pas les détails de notre enfance, et je ne suis pas d'humeur à en parler maintenant.

Quant aux autres appels que j'ai eus, ils venaient tous d'amis qui me souhaitaient un joyeux Thanksgiving, ce qui est nouveau pour moi.

— Bien, a priori, je réponds en me blottissant sous la couette. On en saura plus quand on verra son médecin, demain. L'infirmière dit qu'il ne sait pas qu'il est resté dans le coma pendant onze mois. Quand on lui a présenté Wes et Matt, sa tension a augmenté brusquement et elle nous a mis dehors.

— Et toi, comment tu vas ?

— Ouf, eh bien… c'est bizarre. Avant de le voir réveillé, j'étais en colère contre lui. Plus que jamais. Et tu sais, je pense que ma colère est justifiée. Mais quand il m'a tendu les bras, c'est comme si j'étais redevenue cette petite fille qui voulait l'amour de son père plus que tout au monde.

Une larme coule sur ma joue et s'écrase sur mon oreiller. Mon nez commence à couler et je l'essuie sur le drap.

— Ça me semble normal, bébé. Ton père restera toujours ton père. Ce n'était peut-être pas le meilleur, mais au moins il n'est pas parti, lui.

— En même temps, est-ce que c'est vraiment le cas ? Il disparaissait chaque fois qu'il buvait sa bouteille de whisky. Chaque gorgée le transformait en une personne différente, quelqu'un qui oubliait qu'il avait deux filles à nourrir, à habiller et à emmener à l'école. Et sa dernière connerie ? Un million de dollars ? C'est comme s'il demandait à mourir !

Ginelle pousse un grognement et soupire.

— Peut-être qu'il l'a fait exprès.

Ses paroles me font l'effet d'une décharge électrique, crépitant dans mon corps, faisant tressaillir tous mes muscles.

— Merde, tu as peut-être raison. Il était peut-être stupide quand il s'agit de jeux d'argent, mais pas au point de devoir de l'argent à un mec comme Blaine Pintero, et surtout pas un million.

— Parfois, quand on en a marre de la vie, on choisit l'issue la plus simple. Ton père savait que Blaine s'en prendrait à lui.

— Ouais, c'est vrai.

Je secoue la tête, choquée de ne pas en avoir pris conscience plus tôt.

— L'eau est bonne ? demande Ginelle, passant du coq à l'âne.

— Hmmm, comme les larmes des dieux, *Ku'u lei*, dit une grosse voix d'homme.

Je connais ce mot, *Ku'u lei.* Ça veut dire, « ma chérie » en hawaïen. J'ai entendu le père de Taï le dire à sa mère, et Tao vient de le dire à ma meilleure amie. Le mystère s'épaissit ! Contente de changer de sujet, je saute sur l'occasion.

— Et toi, comment était ton Thanksgiving ? Tu as mangé de la grosse dinde ? je demande d'un ton lourd de sous-entendus.

— Meuf, tu n'as pas idée ! gémit Ginelle. Sans rire, Mia, je ne sais pas comment je vais faire quand il sera parti. Je vais devoir faire le stock de piles pour mon vibro, c'est clair. Maintenant, je comprends pourquoi tu as passé un mois à baiser avec son frère. Les Niko sont… bon sang, ma chatte ne sera plus jamais la même. Il lui suffit de me regarder avec ses grands yeux noirs pour que mes cuisses s'ouvrent comme la mer Rouge devant Moïse.

— Tu es tordue, tu le sais, ça ? je demande en riant.

— Et rassasiée. Tout le temps. Quand je pense qu'il a fini et qu'il est prêt à ranger la bête, il la ressort, déjà toute trempée d'envie.

— Arrête ! Épargne-moi les détails !

— Tu veux dire comme quand il a utilisé sa main pour…

— La la laaa, la la laaa, la la laaa la laaa !

Je chantonne « Jingle Bells » jusqu'à ce qu'elle se taise.

— Tu es juste jalouse.

— Pas le moins du monde, non.

Je repense à la façon dont Wes m'a prise contre l'arbre et je frissonne de la tête aux pieds.

— Mais c'est vrai, ricane-t-elle, parce que tu as ton surfeur réalisateur pour te brouter le minou ! Comment va Wes, au fait ? Ses cauchemars ? demande-t-elle en chuchotant.

— Ça fait plus d'une semaine qu'il n'en a pas eu, c'est un progrès énorme. Maintenant, il s'est mis en tête qu'il allait acheter du terrain à Max et construire une maison à côté de leur ranch, pour qu'on ait une maison secondaire.

— Trop cool ! Alors, vous allez devenir des cow-boys ?

Je me retourne et m'enfonce davantage dans la couette.

— C'est clair que ce serait cool de voir Max et Cyndi régulièrement et de voir grandir ma nièce et mon neveu.

— Tu as toujours voulu sentir une appartenance à un lieu, et maintenant ce sera le cas.

— Et papa ?

— Comment ça, *et papa ?* Il doit trouver son propre chemin, Mia. Tu ne peux pas prendre les décisions à sa place. Tu es une adulte qui est sur le point d'épouser l'homme de ses rêves. Maddy aussi. Vous êtes toutes les deux casées. Ton père doit décider ce qu'il veut faire de sa vie et se débrouiller pour y arriver. Espérons simplement qu'il aura appris la leçon et qu'il restera sobre. Pour lui, et pas seulement pour Maddy et toi, même si tu sais combien je suis sceptique.

— Je sais, je sais. Il dit qu'il veut se rattraper. Qu'il veut être un homme meilleur.

— Ouais, je le croirai quand je le verrai. D'ici là, on ne peut qu'espérer pour le mieux. Je crois que c'est comme ça que tu dois aborder la situation, toi aussi.

— Je crois que tu as raison. C'est un adulte, et pour une fois il va falloir qu'il s'occupe de lui-même. Ma vie ne peut plus tourner autour de lui ni de personne d'autre, dorénavant.

— Voilà ce que je veux entendre ! Enfin, ce que je veux vraiment entendre c'est un gros Samoan tatoué hurler de plaisir, histoire que je puisse dormir un peu. Je ne fais que dire à l'Incroyable Hulk que j'ai besoin de mon sommeil réparateur, mais il n'écoute jamais.

— Ok, ma salope, va fricoter avec Tao. Dis-lui *Aloha* de ma part.

— Ça roule. Je t'aime, on s'appelle plus tard, vilaine.

— Je t'aime encore plus, grosse cochonne.

Chapitre 10

Lorsque j'arrive à l'aube, le lendemain matin, papa est assis dans son lit. Wes, mon sauveur, est resté à l'hôtel pour continuer le montage de la « spéciale Thanksgiving » du Docteur Hoffman. Heureusement, j'ai de l'avance, ce qui tombe au mieux, maintenant que je dois m'occuper de mon père.

— Coucou mon bé… bé, viens t'asseoir, dit-il en tapotant le matelas à côté de lui.

Sa voix et ses gestes sont encore hésitants, et d'après le médecin, cela pourrait mettre un moment avant de s'arranger. Je vais à lui et m'assieds sur le lit. Je prends sa main, l'embrasse, sentant sa peau fine comme du papier à cigarette sous mes lèvres. Cependant, son teint est plus beau que lorsqu'il était plein comme une barrique.

— J'ai parlé à ton médecin, ce matin. Il dit que tu sais que tu es resté dans le coma pendant onze mois.

Papa hoche la tête solennellement. Je n'arrive pas à imaginer ce qu'il doit ressentir de savoir qu'il a perdu presque un an de sa vie.

— Qu'est-ce qui s'est passé, papa ? Comment les choses ont-elles autant dérapé avec Blaine ?

Il ferme les yeux et serre ma main.

— Mia, j'ai été très é… égoïste.

Je ne peux qu'être d'accord avec lui, mais ça ne répond pas à ma question.

— Comment ça ?

— J'en a… avais marre, dit-il en haussant les épaules. De ma vie, de ma d… dette. Je me sentais v… vide.

Chaque mot est pesant, comme s'il me préparait à une dure réalité. Je penche la tête sur le côté et le regarde dans les yeux.

— Papa, est-ce que tu as fait exprès de perdre autant d'argent ? je demande en repensant à ma conversation avec Ginelle.

— Pas tout à f… fait. Peut-être. Je ne sais p… pas. J'étais t… tellement f… fatigué. J'en avais as… sez de me demander p… pourquoi elle était p… partie. As… sez d'être un iv… ivrogne. Assez d'être le p… pire père pour vous. Assez. Alors je me f… fichais de devoir cet a… argent à Blaine. Je savais q… qu'il s'occuperait de moi. L'assurance s'oc… cuperait de vous, dit-il en fermant les yeux. Mieux q… que ce que je p… pouvais vous of… frir de mon vivant.

Je retiens un sanglot et je me lève, reculant jusqu'à ce que je sois dos au mur.

— Tu veux dire que tu voulais mourir ?

Il n'a qu'à me regarder pour me dire la vérité.

— Je ne v… voulais plus vivre de cette f… façon.

— Bon sang, papa, je n'arrive pas à…

Je gonfle mes poumons et me penche en avant, les mains sur les genoux, essayant de respirer calmement.

— Tu n'as pas idée de ce que j'ai dû faire pour rembourser ta dette !

Il hausse les sourcils.

— Quoi ? La dette est p… payée ?

Je ferme les yeux et me redresse pour m'adosser de nouveau au mur.

— Blaine et ses mecs allaient te tuer et s'en prendre à Maddy et moi ! Ils appellent ça la dette du survivant. Tu ne pensais quand même pas qu'ils allaient te laisser mourir sans chercher à récupérer leur fric, si ?

Papa écarquille les yeux et son visage s'effondre.

— Non, dit-il en secouant la tête. Ils n'ont jamais dit ça. J'ai… j'ai juste…

— Tu quoi ? je crie. Tu t'es dit que tu te livrerais à eux et que tout serait pardonné ?

— Oui, exactement, admet-il en me regardant faire les cent pas.

— Tu es incroyable.

Je tremble des pieds à la tête et je me tire les cheveux, essayant de libérer la tension qui m'accable.

— J'ai été escort pour Tante Millie pour payer ta dette ! je crache.

Mon père pâlit brusquement.

— Tu t'es p… prostituée pour m… moi ?

Une larme coule sur sa joue et il semble sur le point de s'effondrer.

— Mon Dieu, non. Non. Pas ma f… fille, sanglote-t-il dans ses mains.

Je cours vers lui et saisis ses bras.

— Papa, ce n'était pas comme ça. Je ne couchais pas avec eux. Je jouais juste le rôle qu'ils me donnaient pendant un mois. Je gagnais cent mille dollars par mois et j'ai remboursé Blaine petit à petit.

Je devrais lui dire ce qui s'est passé avec Blaine en septembre et la manière dont Max m'a sauvée, mais je ne pense pas qu'il soit encore assez fort pour entendre ça.

— Je suis t… tellement désolé. Pour t… tout. Je ne pourrai j… jamais me ra… rattraper. Jamais, pleure-t-il en tremblant comme une feuille.

Je caresse son dos de bas en haut en sentant ses os.

— Tu peux commencer par rester en vie, papa. Par être notre père. Par rester sobre, j'ajoute en priant pour qu'il ne pète pas un plomb comme il en avait l'habitude quand j'abordais le sujet de son alcoolisme.

Il me tient longtemps dans ses bras, murmurant des excuses contre mes cheveux, me disant combien il est fier de moi, combien il m'aime. En fin de compte, c'est tout ce que j'attends de mon père, son amour, son acceptation, sa fierté. Or, je réalise soudain que j'ai déjà toutes ces choses. Certes, c'était un père minable quand j'étais petite, mais nous avons encore de longues années devant nous et je veux les passer à créer de nouveaux souvenirs.

Mon téléphone sonne dans ma poche arrière. Je laisse la sonnerie retentir, mais dès que la messagerie prend le relais, il sonne de nouveau. À l'évidence, quelqu'un essaie vraiment de me joindre.

— Désolé, papa, je dis en reculant pour sortir mon téléphone de ma poche, souriant quand je vois *Maximus* s'afficher à l'écran.

— Bonjour frangin !

— Tu étais censée m'appeler aujourd'hui, gronde-t-il.

— Tu n'as pas une femme, ma nièce et mon neveu à embêter ? je dis en riant.

Je regarde mon père, dont la mine est confuse et choquée.

— Combien de fois je dois te dire que je m'occupe de ce qui est à moi ?

— Si tu le dis, je rouspète en levant les yeux au ciel. Je vais bien, tu peux dormir tranquille. Occupe-toi du petit Jack et embrasse Isabel de ma part.

— Tu vas bien ?

— Très bien, oui, je réponds en regardant mon père. Papa va entamer sa guérison et j'épouse l'homme de mes rêves, la vie est belle.

— Très bien, sucre d'orge, glousse Max. Prends soin de toi et je t'appelle demain ou après-demain.

Pour Max, cela signifie qu'il m'appellera aux aurores, demain matin.

— Je t'aime, sœurette.

Je raccroche et me tourne vers mon père.

— C'était qui ?

— Mon frère, Max, je réponds automatiquement, oubliant que mon père ne sait rien.

Il ne sait pas qui est Maxwell Cunningham ni que Maddy n'est pas sa fille biologique.

— Merde, je chuchote.

— Quel frère ?

Je ferme les yeux et me rassieds sur le lit.

— Papa, c'est une longue histoire un peu compliquée, mais elle finit bien. Mais ce n'est sans doute pas quelque chose que tu dois entendre maintenant. Tu viens tout juste de te réveiller.

Je me déteste d'avoir lâché le morceau.

— J… jeune f… fille, tu vas tout de suite d… dire à ton père qui est ce… ce frère et comment tu l'as t… trouvé. Tu as c… contacté ta m… mère ?

— Non, papa.

Maddy arrive peu de temps après que j'ai commencé à raconter à mon père comment j'ai rencontré Maxwell Cunningham en étant embauchée pour jouer le rôle de la sœur qu'il n'avait jamais connue, alors qu'il savait déjà qu'on avait la même mère. J'explique ensuite que quand il a appris l'existence de Maddy, les tests sanguins ont montré qu'il était bien notre frère à toutes les deux.

— Alors, c'est tout ? V… votre mère était en c… couple avant de… de me rencontrer, elle a eu un… un fils et elle l'a ab… abandonné ? C'est tout ?

Maddy se mord la lèvre et regarde par la fenêtre, les larmes aux yeux.

— Qu'est-ce q… que vous me… me cachez ?

— Je crois que ça suffit pour aujourd'hui, papa.

Peut-être qu'on devrait faire une pause.

Papa secoue vigoureusement la tête.

— Non. On va révéler t… tous les secrets m… maintenant, ici, gronde-t-il en enfonçant son index dans le matelas de l'hôpital.

Mes épaules retombent et les larmes de Maddy se mettent à couler.

Arrache le pansement d'un coup sec, Mia. Fais-le pour être libérée de tout ce poids.

— Mia… Maddy… gronde papa.

Madison semble sur le point de s'effondrer. Je fais le tour du lit et la prends dans mes bras. Elle s'appuie contre moi, cache son visage et fond en larmes.

— Mon Dieu, qu'est-ce qui se p… passe ?

— Papa, quand on a fait les tests sanguins, les résultats ont montré que Maddy et Maxwell Cunningham ont la même mère et le même père.

Il ferme les yeux et se frotte le front.

— Alors, c'est vrai. Gé… génétiquement, je ne s… suis pas ton p… père.

Maddy sanglote de plus belle et secoue la tête.

— Ma puce, viens ici, dit-il en ouvrant les bras.

Elle s'y laisse tomber et sanglote contre sa poitrine.

— M… mais, c'est t… toi mon p… père ! pleure-t-elle.

Je ferais n'importe quoi pour ôter cette douleur à ma petite sœur.

— Oui, répond-il en caressant ses cheveux blonds, si différents des siens. Et je le se… serai toujours. Aucun test ne p… peut m'enlever mes f… filles. J'ai toujours soupçonné que v… votre m… mère me trom… pait. Parfois, j'ai cru la v… voir un p… peu trop près d'un grand cow-boy b… blond. Je ne sais p… plus comment il s'ap… pelait.

— Jackson Cunningham. Il venait à Vegas quand j'étais petite. Elle voyait son fils, et moi je voyais le frère dont je ne connaissais pas l'existence. Elle est tombée enceinte de Maddy, et les visites ont cessé.

Papa embrasse la tête de Maddy.

— Ouais, après Maddy, elle a co… commencé à se comporter de façon b… bizarre. Enfin, encore p… plus bizarre que d… d'habitude. Comme si elle ne te… tenait pas en place. Elle ch… changeait toujours de travail, allait d'un c… casino à un autre, se plaignait touj…

ours de quelque ch… chose. Puis c'était V… Vegas le problème. Et puis c'était m… moi. V… vous con… naissez la suite.

Elle est partie. Je m'en souviens très bien, oui.

*

Wes et moi passons la fin du mois de novembre avec mon père. Physiquement, il va de mieux en mieux, mais mentalement… c'est une autre histoire. Pendant deux semaines, je l'informe autant que possible de ce qui s'est passé dans nos vies, de ce que j'ai fait chaque mois, et je finis par admettre ce qui s'est passé quand il a contracté le virus et subi la réaction allergique qui a failli le tuer. Il dit qu'il n'avait pas la moindre idée de ce qui se passait autour de lui, qu'un jour il avait mal partout et il fermait les yeux contre le macadam, espérant mourir, et que l'instant d'après il les rouvrait dans une chambre d'hôpital blanche. Il ne se rappelle rien des onze mois qui se sont écoulés entre ces deux événements.

Sa thérapeute m'explique que c'est normal et qu'il pourrait se souvenir plus tard des choses qu'on a pu lui dire et des voix qu'il a entendues, mais que globalement, il est sain de corps et d'esprit. Maintenant, il doit travailler dur pour réussir sa rééducation, suivre une thérapie de façon sérieuse pour vaincre ses addictions et s'inscrire à la section locale des Alcooliques Anonymes. Pour l'instant, la psy lui impose une visite et deux coups de fil par semaine jusqu'à ce qu'il se sente prêt à être indépendant.

Wes prend en charge les soins de mon père, demandant à deux infirmières de s'occuper de lui douze heures chacune afin qu'il ne soit jamais seul et qu'il puisse se rendre à ses rendez-vous. Maddy abandonne une de ses options pour avoir plus de temps pour lui rendre visite chaque jour. De mon côté, j'ai beau me sentir un peu coupable, je n'oublie pas que j'ai donné toute une année de ma vie pour lui. Il est temps de rentrer à la maison, à Malibu, où Wes et moi allons préparer notre mariage et profiter de tout ce qui nous rend heureux.

*

Assise sur la terrasse à l'arrière de la maison, face à l'océan, j'imagine le jour de notre mariage. Je sais où nous allons mettre les chaises, où ira l'autel et où je vais dire « oui » à l'homme que j'aime. Je bois une gorgée de chardonnay frais et je croise les jambes sous la couverture en laine que Miss Croft m'a donnée, même s'il ne fait pas vraiment froid à Malibu.

Mon téléphone sonne et je grimace. J'aurais dû le jeter dans le sable et profiter de ce moment de calme. Wes est en train de surfer et je profite du spectacle. Je suis vraiment veinarde.

Je réponds au téléphone sans regarder l'écran, trop concentrée sur mon mec.

— Allô ?

— Mademoiselle Saunders, c'est Shandi, l'assistante du Docteur Hoffman.

Elle s'annonce toujours comme « l'assistante du Docteur Hoffman », comme si je ne le savais pas déjà alors que ça fait deux mois que je travaille pour lui.

— Oui Shandi, bonjour. Qu'est-ce que je peux faire pour vous ?

— Le Docteur Hoffman a votre prochaine mission.

— Ah ? Comment ça ? D'habitude, c'est moi qui choisis le sujet, je réponds en fronçant les sourcils.

— Pas cette fois, répond-elle d'un ton sec. Il veut que vous alliez à Aspen, au Colorado, pour interviewer les artistes locaux. Un homme nous a contactés et a proposé beaucoup d'argent à l'émission pour faire un sujet sur sa femme.

— Qui est sa femme ?

— Une artiste qui peint des tableaux de montagnes et d'arbres, je ne sais pas. Votre assistante vous donnera les détails. Drew a pensé que vous pouviez en profiter pour faire un sujet sur la beauté de l'art pour la semaine prochaine.

— La semaine prochaine ? Vous plaisantez, je viens juste de rentrer.

Shandi pousse un grognement exaspéré.

— Ce n'est pas de notre faute si vous avez passé les fêtes à traverser le pays avec votre famille. Maintenant, il est temps de se remettre au travail. Dois-je dire à Drew que cela pose un problème ? Je suis sûre qu'il connaît un tas de brunes à forte poitrine qui seraient ravies de vous remplacer…

— Non ! Non, ça va. Je vais le faire. Est-ce que je peux avoir la même équipe qu'à New York ?

— Vous voulez la gothique, Kathy ?

La gothique ? Cette fille a les cheveux noirs et des lunettes à bords noirs et elle est automatiquement cataloguée comme étant gothique. Parfois, je déteste vraiment Hollywood. Mais peut-être n'est-ce que l'assistante de Drew.

— Oui, je voudrais Kathy Rowlinski. D'ailleurs, est-ce qu'il serait possible que Century fasse d'elle mon assistante de production officielle ?

— Il faudra que vous en parliez à Drew ou à Leona.

— Très bien. Merci, Shandi, pour votre appel. J'ai hâte de recevoir les détails de ce sujet.

Je raccroche en grognant et je tends le bras pour jeter mon téléphone sur la plage, comme j'aurais dû le faire tout à l'heure. La main de

Wes apparaît de nulle part et l'attrape en plein vol.

— Tu as perdu quelque chose, Chérie ? demande-t-il en riant.

Il gravit la petite dune, puis les marches qui mènent à la maison. Sa combinaison est ouverte sur son torse et retombe sur ses hanches. Arrivé en haut, il ouvre le robinet et se rince les pieds. Sans réfléchir, tout habillée, je vais à lui, repère une des gouttes d'eau salée qui dévale son torse et la lèche depuis le V merveilleux de ses hanches à ses pectoraux carrés, puis sur la bouche. Je me colle à lui, laissant l'eau glacée de l'océan tremper mes vêtements. Je m'en fiche. J'ai besoin d'être contre lui et de noyer mon esprit dans tout ce qui fait qu'il est lui.

Il me soulève en palpant mes fesses et me porte à travers la maison, jusque dans notre chambre, où nous fêtons notre retour à Malibu de la plus belle façon qui soit.

*

Wes joue avec une mèche de mes cheveux alors que je suis étendue, haletante, sur son torse.

— Elle a dit combien ce type avait payé ? Ça a dû être une sacrée somme.

Je secoue la tête et appuie mon menton sur mes mains.

— C'est bizarre, mais on m'a dit que le Colorado est magnifique, et en particulier Aspen. Je n'y suis jamais allée, et toi ?

— Aspen ? Tu demandes à un garçon élevé dans une famille riche et mondaine d'Hollywood s'il est déjà allé à Aspen ? Hmmm…

— Quoi ?

Je secoue la tête, ne comprenant pas sa blague.

— Mia, Aspen est la ville secondaire de tous les gens riches et célèbres. Mes parents ont un chalet là-bas. Un chalet immense.

— Ah bon ?

Je crois que je ne saisirai jamais l'étendue de la fortune de l'homme que j'épouse.

— Oui, répond-il en riant. C'est un chalet pour seize personnes et il y a des lits supplémentaires, au cas où… non pas que ma famille s'en soit déjà servie.

— Waouh. Pourquoi vous avez un chalet aussi grand ?

— Maman dit qu'elle pensait déjà aux petits-enfants qu'elle aurait et à leurs familles. Ils l'ont acheté à bon prix quand ils venaient de se marier et ils le louent presque toute l'année. D'habitude, on y va une semaine par an pour skier, respirer l'air frais des montagnes et passer du temps en famille.

— Ok. Tu crois qu'on pourrait s'y installer, avec mon équipe de tournage ?

— Ouais, maman ne le loue jamais en décembre au cas où un membre de la famille voudrait y aller.

— Super ! On peut dire à Maddy et Matt de venir ? Ils seront en vacances. Ooooh, je me demande si Max viendrait ?

— Pour toi ? ricane-t-il.

— Qu'est-ce que c'est censé vouloir dire ? je réponds en lui pinçant doucement le téton.

— Mia, Max est aussi gaga de toi que de sa femme et ses enfants. Je ne connais personne qui tienne autant que lui à sa famille. Tu n'as qu'à sous-entendre que tu veux quelque chose et il déplacera des montagnes pour te l'offrir.

C'est dans sa nature. Je parie que son père était comme ça.

— Maddy l'est aussi, tu sais.

Ça me rappelle combien il a été dur pour mon père d'accepter ce dont il s'était douté, que Maddy n'était pas sa fille biologique.

— Ouais, ils ont ça en commun, c'est vrai, répond Wes.

Je hoche la tête et la repose sur son torse.

— Tu penses que ta famille envisagerait de venir à Aspen pour quelques jours à Noël ? On pourrait inviter Jeanine et son mari, Max et son clan, Maddy, Matt, et ses parents, et Ginelle ?

— Chérie, tu n'as pas encore compris que, comme ton frère, il te suffit de me demander ce que tu veux et je ferai tout pour te le donner ? répond-il de façon on ne peut plus sérieuse.

Je l'embrasse doucement, tendrement, avec assez de passion pour fêter une deuxième fois notre retour à la maison.

— Je rêve d'un Noël sous la neige, je dis en souriant avant de lécher son téton.

Il me roule sur le dos et s'installe entre mes jambes.

— *Vive le vent, vive le vent, vive le vent d'hiver*, chante-t-il en mordillant mon cou.

— On dirait que Noël arrive tôt, cette année, je gémis lorsqu'il s'empare de mon téton et le suce.

Il lève la tête et ne me quitte pas des yeux en descendant sur mon ventre puis entre mes jambes.

— Mia, avec toi, c'est Noël tous les jours.

J'aurais aimé trouver une réponse cocasse et lubrique, mais je n'en ai pas le temps. Wes pose sa bouche entre mes cuisses, plonge sa langue et ses doigts entre mes lèvres déjà mouillées, et je perds ma capacité à réfléchir.

La dernière chose qui traverse mon esprit, avant que je me laisse aller à notre passion, c'est que chaque année, chaque Noël et chaque jour de ma vie vont être aussi beaux que celui-ci, du moment que Wes est là à mes côtés.

Rien ne peut m'arrêter. J'ai enfin tout ce que je désire. Je suis heureuse, j'ai une famille et des amis. Ma sœur n'a plus besoin de moi. J'ai un frère. Mon père est en voie de guérison, et j'ai un mec qui m'adore et qui veut passer le reste de ses jours à me le prouver. Quant à moi, je vais consacrer ma vie à lui prouver la même chose.

Remerciements à Ekaterina Sayanova

Corriger le roman de quelqu'un, c'est comme critiquer les enfants d'une mère, difficile de le faire sans être blessant. Cependant, de volume en volume, tu as su le faire pour moi, et tu révises avec douceur, compassion et considération. Je t'en suis profondément reconnaissante. Sous ton aile, je suis devenue une meilleure écrivaine à chaque histoire.

À propos de l'auteur

Audrey Carlan vit dans la belle California Valley ensoleillée, à deux heures de la ville et de la plage, au milieu des montagnes et des vignes merveilleuses. Elle est mariée à l'amour de sa vie depuis plus de dix ans et elle a deux jeunes enfants qui méritent tous les jours leur titre de « monstres en folie ». Lorsqu'elle n'écrit pas des histoires d'amour érotiques, qu'elle ne fait pas du yoga ou qu'elle ne sirote pas un verre de vin avec ses « âmes sœurs » – trois voix uniques et incroyablement différentes dans sa vie –, on la trouve plongée dans un livre. Plus précisément un roman chaud et plein d'amour !

Elle apprécie tous vos retours, alors n'hésitez pas à la contacter aux adresses ci-dessous.

E-mail : carlan.audrey@gmail.com
Facebook : facebook.com/AudreyCarlan
Site web : www.audreycarlan.com

PAPIER À BASE DE
FIBRES CERTIFIÉES

Le Livre de Poche s'engage pour
l'environnement en réduisant
l'empreinte carbone de ses livres.
Celle de cet exemplaire est de :
250 g éq. CO_2
Rendez-vous sur
www.livredepoche-durable.fr

Composition réalisée par Lumina Datamatics

Imprimé en France par CPI
en octobre 2018
N° d'impression : 3030500
Dépôt légal 1re publication : novembre 2018
LIBRAIRIE GÉNÉRALE FRANÇAISE
21, rue du Montparnasse - 75298 Paris Cedex 06

58/2189/1